吉村昭の人生作法

仕事の流儀から最期の選択まで

谷口桂子

作家・俳人

766

中公新書ラクレ

はじめに

料理を口にして、うまければ「うまい」と言い、まずければ黙っている。それが吉村昭の流儀だった。「まずい」を言わないところに、彼の哲学があった。それは料理に限ったことではない。吉村の人生そのものが哲学に満ちている。

吉村の人生は、死と隣り合わせだった。戦争も経験したが、相次ぐ肉親の死、そして自身に巣喰った肺結核という病だ。「あと千八百日生きたい」と余命を日にちで数え、死の淵から生還したとき、突き上げてきたのは小説を書きたいという強い思いだった。「このままでは終らない」という決意から、時間のすべてを小説に費やそうとした。

そのために自らにいくつかのルールを課した。ゴルフや運動、講演などは執筆の妨げになる「雑事」とみなした。日々の生活も波風が立たないように心がけ、トラブルを遠ざけた。「まずい」を呑み込んだのも、料理人への気づかいもあるが、それによって生じる不要な摩擦を避けたのかもしれない。

そうして七十九年の生涯で、小説三百七十一作を著し、日本の文学史に残る大きな仕事を成し遂げた。


吉村のまわりには、彼を気にかける人たちがいた。

出世作『戦艦武蔵』は、旧友にすすめられて調査を始めたのがきっかけだった。太宰治賞を受賞した「星への旅」は、サラリーマン時代の友人が自分の故郷は小説の舞台になるとしきりに言ったからだ。彼の生活を案じて、エッセイの連載をもちかける編集者もいた。

なぜ、吉村の周囲の人たちは、彼に心を配り、手を差し伸べたくなったのだろうか。応援したい才能というのはもちろんだが、一つには彼の律儀さ、礼儀正しさによるものではないか。

作家となってからも、近隣の人には自分から挨拶し、手紙には必ず返事を書いた。

義理を欠かさず、肺結核のときに世話になった床屋には、多忙になっても片道一時間以上かけて通った。カタギの人が集まる同窓会には背広にネクタイで行くという独特の流儀もあった。

作家は創作という非日常に生きるが、吉村は同時に日常を大切にした生活者でもあった。常に規則正しい生活を心がけ、夜六時になると書斎に鍵をかけて晩酌を始めた。季節感やしきたりを重んじ、正月や節分、七夕といった年中行事をことのほか愛し、近所づき合いにも気を配る生活の達人でもあった。

吉村家には絶えず人が集まったが、これは妻の津村節子のもてなしによるものだろう。両雄並び立った奇跡のようなこの夫婦には、同業ゆえのいくつかの約束事があった。

小説家は書いたものがすべて。子供がうまく育つかどうかは母親次第。人に知られることなく、ひっそり死にたい……。

小説家・吉村昭が、自身の戒律とし、その人生を貫いた哲学とはどのようなものだったのか。「日常」「仕事」「家庭」「余暇」「人生」の五つの場面ごとに、吉村の紡いだ言葉によって、その人生作法を浮き彫りにしていきたい。

ひと筋の道を真摯《しんし》にきわめた人生の達人は、有限の時間を生きるわたしたちに、今を生きるヒントを与えてくれるはずだ。

目　次

本文DTP／市川真樹子

東京・三鷹市の自宅で
(1989年９月　写真：読売新聞社)

吉村昭の人生作法

仕事の流儀から最期の選択まで

第一章　毎日の暮らしの中で――日常の作法

乗物には、タクシー、電車を主として利用している。ハイヤー代が高く、もったいないから呼ばないのだが、自分から乗ろうとしないのは、世間の人に対して後めたいような気がするからである。

（「バスとハイヤー」『その人の想い出』）

大浴場で顔を合わせた人にも自分から挨拶する

吉村昭の生活は、きわめて規則正しかった。

朝、八時十分に目覚まし時計が鳴る。起床し、三十分後に朝食。その後、隣室のリビングで新聞三紙を読む。それから自宅の離れにある書斎に「出勤」し、まず昨日の日記をつける。そして仕事にとりかかり、「お昼ですよ」という妻（作家の津村節子）からの内線電話で、十二時半に昼食。午後も仕事をし、夜六時になると書斎に鍵をかけて、夕食と晩酌を始める。十二時前後に就寝。

若い頃、肺結核で肋骨を五本切除する大手術を受けているため、健康には留意し、決まった時間に食事をとることを心がけていた。唯一の趣味は酒だったが、外で飲むときは日没後、家では午後九時以降と決めていた。深酒をした翌日は起きるのがつらかったが、無理にでも起きて食卓についた。子供の頃、朝食は七時と決まっていて、そろって食べないと片付かないからと、母親に言われたことが身にしみついているからだ。

吉村のエッセイを読むと、「……を常としていた」「……を習いとした」という一文にしばしば出会う。それだけ毎日の生活の中で、習慣にしていたことがあったのだ。一度ルールを決めたら、とことん守った。どんな誘惑にも屈しない。屈する前に、自ら戒律を作ってしまう。

たとえば朝のビールだ。書き下ろしの長編小説を仕上げた翌朝、開放的な気分も手伝って、朝の食卓で黒ビールの小瓶をあけた。それがなんともいえずうまかった。昭和四十五（一九七〇）年頃の話で、書き下ろしの長編なら『陸奥爆沈』だろうか。百人前後の証言者に取材したもので、書き上げた高揚感からビールは美味だったはずだ。翌朝も飲み、さらにその翌日もとなった。これは癖になると思った吉村は、その日から朝のビールを厳禁にした。

吉村の日常を振り返ると、自ら様々な掟を作り、自身を律していたところがある。どんなことを習いにしていたのか、著書から読み解いてみよう。

朝起きると、「お早よう」「お早ようございます」と挨拶を交す。理屈から言えば、そん

な挨拶などしなくてもいっこうに支障はない。が、挨拶を交すのが、古き昔からのしきたりで、そこに人間の智恵が秘められている。

（「行事・しきたり」『私の引出し』）

吉村は昭和二（一九二七）年、東京の下町・日暮里で生まれた。あたりは隙間なく家が建ち並んだ家屋密集地帯だった。隣の家の話し声や物音がきこえ、絶えず人の眼があった。町そのものが共同住宅のようで、そこで生きていくには周囲に気を配らなければならず、それが生活習慣になった。

その一つが、挨拶だ。朝、小学校に通うときは、近所の人に帽子をとって挨拶した。商家であった吉村の生家では両親ともしつけに厳しく、起床時と就寝時、学校から帰ったときは必ず両親の前に正座し、手をついて挨拶した。時々行った銭湯でも、浴場で一緒になった人にも挨拶したのが習いとなって、作家となり、郊外の家に住むようになっても、挨拶は自分からした。越後湯沢に買ったマンションでも、エレベーターや温泉の湯を引いた大浴場で顔を合わせた人にも、「こんにちは」と声をかけた。

書斎を一歩離れると、吉村は一生活者だった。挨拶は、どちらが出向いていくかは立場関係による。終《つい》の棲家となった東京・三鷹の井の頭公園に隣接した自宅の隣は、酒問屋の隠居夫婦だった。正月に年始の挨拶に来られ、年輩者には弱輩の自分が挨拶に行くものと思っていた吉村は、少々うろたえたようだ。

挨拶とともに、電話のかけ方も一種の作法があった。もっともこれは、NHKで医学番組を担当していた女性プロデューサーの電話のかけ方を真似たものだ。相手が電話口に出ると、「お呼び立てをして申訳ありません」と、まず言った。そして「今、お話ししてもよろしいでしょうか」と尋ねる。携帯電話が普及していなかった頃の話だ。小説の取材で未知の人に電話をかけるときも、その手順を習いにしていた。

人とのやりとりをする言葉にも、常日頃から敏感だった。日本語の乱れや誤用も、しばしば指摘した。日常会話でよくつかわれる「スミマセン」を例にあげている。声をかけるにも、何をするにも「スミマセン」で、妙な言葉だとしている。「どうも」も、同様だ。

「食べれない」「見れない」という、「ら」抜き言葉は時代の流れだと容認できなかったようで、専門家は毅然と誤りだとなじるべきであり、世の風潮におもねるだけなら専門家ではないと手厳しい。

もちろん、批判ばかりではない。美しい日本語をきき逃すことはなかった。

雪の夜に山形県の小さな町を歩いた時、角巻《かくまき》をかぶった女とすれちがった。その折、角巻の中から、

「お晩す——」

というすき通るような声がもれた。お晩ですという言葉の訛《なまり》なのだが、それは冷えきった夜気、雪の舞う北国の町のすべてが凝集されているようで、今でもその方言の美しさは鮮かな印象となって耳に残っている。

（「ダメ」『月夜の記憶』）

年を重ねると見えなかったものが見えてくる

吉村の母親は、「世間様の御迷惑にならぬように」と絶えず口にしていた。それが吉村には生涯の教えのように身につき、人に迷惑をかけないように常に周囲に気をつかっていた。

あるとき電車の中で、若い男が大きく足をひろげて、座席に坐《すわ》っているのを見た。自分と同じ家屋密集地帯で育った人間ではないだろうと想像した。身体を小さくして生きていかなくてはならないところからは、政治や経済を動かす人間は出ないという。

迷惑が絡むエピソードの一つに、「銀座百点」の句会がある。

歴史ある銀座のPR誌「銀座百点」は、今でも年末に恒例の句会を開いている。吉村は学習院大学で俳文学を学んだが、句作は素人なので招かれても辞退していた。出向く気になったのは、作家として尊敬する永井龍男が出席していたからだ。今生きている作家で、いちばん尊敬するのは誰ですかと編集者にきかれ、永井の名前をあげている。

ところが当日、不覚にも遅刻した。どれほど慌てたことだろう。吉村は公衆電話から会場の料亭に電話をかけた。普通なら、遅れますと言うところを、遅れたので欠席にしてくださいと伝えた。

遅刻といっても、たった十分だ。たとえ十分でも、遅刻者がいては会の進行に迷惑がかかると思ったのか。あるいは心酔する作家に失礼にあたると考えたのか。今始まったばかりだからと言われて、結局参加することになったが、冷や汗が流れ続けた。

もう一つ、吉村らしい逸話がある。小説が単行本として出版されるたびに、初版部数をなるべく少なくしてほしいと担当者に伝えていた。

新刊が発売になると、お金を払って自分の本を買ってくれる人などいないのではないかと不安になった。それでは出版社に迷惑がかかる。初版部数が少なければ、それだけ重版になる機会が増える。重版の知らせを受けて、迷惑をかけずに済んだと安堵するというのだ。育った環境にもよる過度の気配りや、気おくれする性格を、吉村自身も持て余していた。妻の津村にも、あなたは引っこみ思案で、周囲に気がねばかりしていると言われた。

五十歳の誕生日をむかえた時、いい年をして気おくれする必要もないのだから、少し胸をはって日を送ろう、と、自らに言いきかせた。そして、ひるみそうになる度に、おれは五十歳をすぎたのだ、しっかりしろと励ますことを繰返したが、望み通りにはゆかなかった。

（「むだにお飾りはくぐらない」『私の引出し』）

それが五十五歳を過ぎてから、身がすくむ度合がいくらか少なくなったようだった。年齢を重ねるのは、やはりいいことだと思った。

五十代といえば、五十二歳のときに『ふぉん・しいほるとの娘』で吉川英治文学賞を受賞。五十代後半には、『冷い夏、熱い夏』で毎日芸術賞、『破獄』で読売文学賞と芸術選奨文部大臣賞を受賞し、仕事も充実していた時期だ。ひたすら仕事にとり組むことで、自信に似たようなものが身についていったのだろうか。

気おくれすることの激しい私は、さらに六十歳、七十歳と年をかさねるにつれて、気持も安らいでゆくのではないか、と思うようになった。（略）

五十歳も半ばに達して、四十代までには見えなかったことが少し見えるようになった、とも思う。それは、六十歳、七十歳になるにつれて、見える範囲も深みも増すにちがいない。（同）

人間は神様ではないのだから

吉村が習いとした一つに、読者からの手紙に必ず返事を書くことがあった。

人気作家のもとには、全国から手紙が届く。年齢も様々で、中学二年生の男子からの感想もあった。別便で小包が届いて、将来小説家を目指しているので、同封した四十枚の小説に見込みがあるなら弟子にしてほしいという微笑《ほほえ》ましいものだった。

そうした手紙で、眼には見えない読者の存在を知ることができた。

読者からの手紙は、大別すると二種類に分かれるという。小説の感想が三分の二で、他は小説に登場する人物や出来事の関係者からのものだ。肉親の死の状況を詳しく知りたい、同じ隊の者に連絡をとりたいというような手紙には、調べた範囲内でわかることを記して送った。

中には記述の誤りを指摘するものもあった。八割は読者の指摘が正しいという。吉村の調査は綿密なことで知られ、関係者の証言は同じものが複数なければ採用しなかった。さらに編集者や校閲者のチェックを通して本は刊行されるが、それでも誤りが発見される。そのたびに礼状を書き、訂正することを繰り返した。その過程では、どのような史料をもとに書いたかを記し、史料のコピーを添えて送ることもあった。郷土史家の中には、未読の史料を送ってくれる人もいた。そうした手紙のやりとりはきわめて貴重なものだと思っていた。

このような返事を書く時、郷土史を研究する人との連携を感じる。お互いに誤りをただし合い、正しい史実を残したいと思うのである。

（「読者からの手紙」『史実を歩く』）

単行本が出版されるたびに、地名や時間的な誤り、誤植などを克明に書いて送ってくる一人の読者がいた。その読者の指摘は一〇〇パーセント正しかった。あるとき、今回は珍しく誤りがありませんでしたという葉書が届き、思わず笑った。

そうして返事を書くことを習いにしていたが、ある読者から、吉村の返信を見せたら、よほど暇な小説家なんだねと孫が言っていたという返事が届いた。笑いながらも、返事を書くのは礼儀だと思っていた吉村は、なんとなく淋しい思いがした。

自宅にかかってくる電話にも、居留守などをつかわずに出ていた。朝の五時前に電話をかけてきた人がいて、憮然とした思いだったが、読者との交流を閉ざすことはなかった。

あるとき、「本の雑誌」のコピーが、編集者から送られてきた。

読者が吉村の小説の記述の誤りを投書しているという。しかしそれは他の作家の小説で、読者が思い違いをしていたことがわかった。読者は恐縮し、吉村先生からの抗議を恐れるばかりであると再投書していた。

それに対して吉村は、抗議などするはずがないと記している。自身も小説を執筆する際、誤りがないように細心の注意を払っているが、それでも誤りがないとは言えない。人間である限り、誤りは避けられない。

吉村のエッセイにしばしば登場するのが、「人間は神様ではないのだから」という一文だ。

どれほど優秀な研究者も郷土史家も、何より吉村自身も、間違いを犯すことがないとは言えないのを知っている。だから他人の誤りを責め立てることはない。小説で人物を描くときも、一人の人間には長所だけでなく短所もあり、それが等分にあって一人の人間が成立していると述べている。

全知全能の神ではない人間に向ける眼はあたたかい。心して小説を書かなければならないという、自戒の念にするだけだ。

連載小説を書いている時、編集者に原稿を渡すのが不安であった。人間は神様ではないのだから、乗物の中などに置き忘れたりすることは十分に考えられるし、途中で発病や事故に見舞われ、失うこともあるだろう。

一回分でも紛失してしまえば、連載小説の流れが中断し、書き直すことは不可能に近い。

（「ファックス」『わたしの流儀』）

のちにファックスを入れることになったが、原稿は編集者に渡すのを習いとしていた。

吉村が締切り前に原稿を書き上げることは知られていた。新聞連載小説など、連載が始まる前に全部仕上がっていたこともあった。書き上げた原稿は家の金庫にしまっていた。二鷹に家を建てたとき、家具の一つとしてまっ先に買ったのが金庫だった。商人の家に育った吉村は、家には金庫があるものと思っていたようだ。金庫に原稿を入れたのは、取材旅行中に家が火事になったとき、原稿が焼けてしまうのを恐れたためだった。

七十五歳で晴れて「学習院大学中退」

日々の生活では、けじめを重んじた。とりわけ大切にしたのが、季節感であり、季節ごとの行事と古くからのしきたりだ。日本の四季の移り変わりは鮮やかで、日本人ほど季節に敏感な民族はいないという。正月から始まり、節分、雛祭り、端午の節句……。それらの行事は、人間が四季の中で生きる一つのけじめの意味を持つと説く。

行事というものがなければ、人間の生活は、節のない竹のようにしまりのないものになってしまう。人間が他の動物にまさるものがあるとすれば、その一つは行事というものを持っていることだと思う。それを煩わしいとして嫌悪するのは、人間にあたえられた恵みを自ら放棄することになる。

（「行事・しきたり」『私の引出し』）

古びた小さな家の前で、私は歩みをゆるめた。入口の格子戸の上に、絵に描いた小さな玉かざりが貼りつけてある。

私は、その家に住む人に好感をいだいた。その玉かざりは安価だが、正月の仕来りをまもってそれを戸口にかざっている人が、奥床しく思えたのだ。

（「松かざり」『街のはなし』）

下町の市井の暮らしをエッセイに書き残した吉村は、絵に描いた玉飾りに眼をとめた。立派な門松だけが正月飾りではない。要は気持ちの問題なのだ。

行事は昔から、親から子に、年長者から若い者に伝えられ、維持されてきた。正月の松飾りをしない家の子供は、自分が家庭を持ってもすることはない。そうして日本の伝統的な行事が時代とともにすたれていくのを憂慮していた。親は子に伝える義務があり、伝えていくことが大事な仕事だと、論じる筆がとまらない。

趣味がないと書いているが、相撲観戦は好きだった。大相撲の場所が始まると、夕方四時半に書斎を出て、テレビの前に坐った。東京場所のときは、知人が持っている枡席を一日譲り受けて、親しい人たちと観戦した。

なぜ大相撲かというと、移り変わる時代の中で、明治初年に廃された丁髷《ちょんまげ》を今なおつけていて、丁髷に象徴される古い伝統を守り続けているからだという。プロ野球と違って、観客が力士をやじったりしないのもいい。何から何まで古風な大相撲は、これからも古風さに徹してもらいたいとエールを送っている。

行事を重んじる吉村は物事の節目を大切にした。だからこそ、何事もけじめをつけるのが吉村の流儀だった。

一つの例が、大学中退の一件だ。吉村の学歴は、学習院大学中退になっている。大学に二年間在籍したが、体育の単位がとれないことなどもあって中退した。

教授に口頭で中途退学を告げ、手続きは済んだと思っていたが、実はそうでもないらしいことに気づいた。学費滞納者として名前が貼り出されていたときいたからで、ひょっとしたら学費未納による除籍処分になっていたのではないか。恐る恐る学長にその旨の手紙を書いたところ、調査の結果、やはり除籍になっていた。それでは「学習院大学中退」という学歴は詐称していたことになる。

講演を引き受けたときの講師紹介で、「中退」と言うのは失礼にあたると思うのか、紹介者が「大学をおえ」と言うことがあった。「おえ」は「卒え」で、事実に反する。律儀な吉村は、講演の冒頭で、卒業ではなく中退ですと、わざわざ断っていた。それが、中退ですらなかったのだ。中途退学を認めてもらうにはどうしたらよいかという手紙を再度大学に送ったところ、未納分の学費を納めれば除籍解除になり、未納分は三万五千四百五十円だという。

当時とそのときでは貨幣価値が違った。未納分を納めただけでは筋が立たないと考えた。ちょうどそのとき、大学が奨学金についての寄付募集を行っているのを知り、気持ちを添えた金額を未納金に加えて送金した。

やがて「除籍解除を承認する」という書面とともに「願いにより昭和二十八年三月三十一日付で退学を許可します」という許可書が学長名で送られてきた。

もやもやしたものが一時にはれ、公然と大学中退者として、天下を闊歩できる快い気分になった。

(「飛ぶ鳥跡をにごさず」『回り灯籠』)

そのまま放置していても、大学側は何も言ってこなかったと思うが、晴れて「学習院大学中退」になったのは、七十五歳のときだった。そうして何事にも筋を通し、けじめをつけるのだが、いささか笑ってしまう話もある。

吉村は九男一女きょうだいの八男で、一卵性双生児のように仲がよかった弟ががんで亡くなった。その墓を建てるために、弟の妻と静岡にある菩提寺に行くことになった。日帰りの旅だったが、そのとき、ふと考えた。義妹とはいえ、二人だけで旅をするのは好ましくないのではないか、と。

妻の津村は笑い転げたが、吉村は大まじめだった。男女七歳にして……の世代だった。人間には筋道というものがあり、それを守らなければいけないという考えが身にしみついている。結局、同行者がいれば問題はないということで、苦笑した吉村の兄が一緒に行くことになった。

同じように筋を通した話で、妻の妹夫婦に夕食に招かれたことがあった。

妹夫婦に子供はいず、夫婦二人きりのマンション住まいだった。どういう状況だったのか招かれたのは吉村一人で、訪れると義妹の夫はまだ帰宅していなかった。とっさに女性一人のマンションの一室に、男が入ってはいけないという考えがよぎったのだろう。近くの小料理屋に向かい、夫が帰宅してから再び訪問した。

用心深く、何事にも慎重で、あらぬ疑いは最初からかけられないように身を処している。

このときも、お義兄さんでは、たとえ誘惑されても、そんな気になりませんと、義妹たちの笑いのネタにされている。

同窓会は背広にネクタイで行く

吉村の名刺は、姓名、住所、電話番号だけが記されていた。

そのために何度名刺をひっくり返されたかわからない。裏返しても、まっ白だ。受けとった相手はますます怪訝な顔をする。小学校の恩師に、お仕事はないの？　と言われたこともあった。

出版界の人間なら、吉村昭の名前を知らないはずはなく、名刺に「小説家」「作家」と肩書を入れるほうが稀だろう。怪訝な顔をするのは、小説の取材のために会う未知の人たちだった。小説を書いていますと言うと、ペンネームは？　ときかれたこともあった。名刺というのは本来職業を相手に示すものだから、肩書がない自分の名刺は名刺とは言えないのかもしれないと述べている。肩書を記さないのは、筆一本で、自分の名前だけで仕事をしているという矜持もあるのだろうか。それ以前に照れ臭さがあるのだろう。

職業をきかれて、作家と名乗るのは照れがあり、小説を書いているものですと言うのを常としていた。ホテルの宿泊者カードも職業欄は空白にした。名刺に小説家、作家と肩書を入れないのと同じ理由だった。そのためにホテルのフロントから電話があり、工務店の団体客と間違われたこともあった。

どうやら作家という職業に後ろめたさがあるようだ。普通の人の前では大きな顔ができない職業だとも述べている。

その理由として、たとえばコップの原価が五十円なら、問屋を経由して店で百二十円で売る。それに比べて、原稿用紙は一枚せいぜい四、五円なのに、それを一枚五千円ぐらいで売ろうとする。千倍の値をつける虚業のようなものであることをあげている。小説を書くのは密室でニセ金造りをするのに似ているともいう。そう考えるのは、何度かのサラリーマン経験があるからだろう。毎朝満員電車に揺られ、額に汗して働き、上司や同僚との人間関係にも悩まされる。それと比較して、小説家は創作の苦労はあるにしても、坐して仕事をし、昼寝もできる。

小説家は経済的な保証がなく、退職金ももらえないと言う人には、何を寝言を言っているのかと容赦ない。退職金は満員電車で会社に通い、定年まで働き続けた人に支払われるものだ。小説家は職業の区分で言えば自由業ということになるが、言い方を変えれば、カタギとは言えない職種になるという。

カタギかそうでないかにはこだわりがあり、独特の流儀があった。

私は、通常外出する時、ネクタイをつけない。が、中学校や大学時代の同期会などには背広にネクタイという服装で出かけてゆく。それは、同期会に集まる友人がカタギの方たちであるからで、そのような席にはそれなりの服装が必要だと考えているのである。

（「小説家と銀行」『事物はじまりの物語／旅行鞄のなか』）

筆で生活しようというのが間違い

ある時期売れたが、その後生活に困った作家に対して、友人の作家たちが編集者に金銭的援助を頼んだ。ところが編集者は即座に断った。それは、実にいい話だと述べている。小説家というのは、最初から野たれ死に覚悟の職業なのだから、今さら甘えるなと言うのだろう。

そう述べるのは、長い苦節の時代があったからかもしれない。学生時代から同人雑誌に参加し、たまに商業雑誌から声がかかっても、原稿は掲載されるとは限らなかった。夫婦で交互に芥川賞、直木賞の候補になったが、吉村は受賞には至らなかった。そんな状況で、子供も二人生まれた。三十九歳で太宰治賞を受賞するまでの十数年間、窮乏生活が続いた。家族の生活をどうするかが切実な問題だった。

あるときラジオの放送劇を書かないかと言われて引き受け、三橋達也が主演で好評だった。それにもかかわらず、吉村は一つの掟を自分に定めた。放送劇はこれ一作限りとし、小説を書くことのみに専念しよう、と。「週刊新潮」から、現実に起きた事件を小説仕立てにする連載を執筆してほしいという依頼もあった。毎月十万円は支払えると言われ、月々の定収入は魅力だったが、これはまずいと思った。小説を書くというひと筋の道をひたすら歩んできたが、それを引き受けると違う道を歩むことになる。

……私は、生活について真剣に考えた。家族の生活をかえりみず小説を書くなどという、甘えた考え方は最も唾棄《だき》すべきで、そのような生き方からは勁《つよ》い文学が生れるはずはない。夫として子の父として、妻子に生活の資《かて》をあたえ、自分に残された時間を小説の執筆に傾注すべきであった。

（「会社勤め」『私の文学漂流』）

原稿以外の収入となると、勤めに出るしかない。それまで見ることもなかった新聞の求人広告に眼を向けるようになった。編集の仕事ならできそうだが、例外なく大学卒が条件だった。それでも芥川賞候補になったことを記せば雇ってくれるのではないかとまで考えた。結局、兄の会社で働くことになった。再び勤めに出なければいけなくなったことが、情けなくもあり、恥ずかしくもあったが、自分が定めた道を歩くためなのだと自身に言いきかせた。

そもそも筆で生活しようとするのが間違いだという。同人雑誌は、絶海の孤島から手紙をビンに入れて海に流すようなもので、誰が読んでくれるかわからない。原稿を書くことで生活しようとすると、生活のために不本意なものも書かなければいけなくなる。そうしているうちに自分の方向性を見失ってしまう。

作家となってから、新人賞の受賞者から、勤めをやめたいという相談を受けると、吉村は反対した。開高健も芥川賞を受賞しても会社をやめなかった。その姿勢が必要だと説く。岐路に立っている自分を冷静に見つめ、目先のことに惑わされず、判断を誤らなかった。

その結果、自分の書きたい小説だけを書き続けることができた。

ハイヤーには乗らない、分相応の暮らし

作家という職業に対する後ろめたさは、金銭感覚にもあらわれている。

吉村がつかう金には二種類あるという。小料理屋やバーでつかう金と、妻との買い物で肉や魚などを買う金だ。前者に対しては、虚業で得た金なのでなんとも思わない。しかし生活に直結する食料品は、自分の金でこんなものを買ってよいのかという、ためらいの気持ちが生じる。作家というのは正業者ではなく、額に汗して稼いだ金ではないという引け目があるからだった。

もちろん贅沢をするわけではない。一流料亭で酒を飲むより、縄のれんの小料理屋で飲むほうが、酒がうまい。金のかからない人間なのであると述べている。飲食以外の日頃の行動にもそれはあらわれている。

乗物には、タクシー、電車を主として利用している。ハイヤー代が高く、もったいない

から呼ばないのだが、自分から乗ろうとしないのは、世間の人に対して後めたいような気がするからである。罰《ばち》が当る、と思う。分不相応だとも思う。

（「バスとハイヤー」『その人の想い出』）

人気作家なら、むしろ分相応だと思うが、ここでも後ろめたさがつきまとう。母親の教えなのか、育った環境か、作家となっても世間様の眼という意識があったようだ。罰があたる、という日本語をつかう人も少なくなったのではないか。

吉村は、何事も分相応を心がけていた。自身はもちろん、他人でも身の丈に合わないと思うような場面に出くわすと、ひと言述べたくなる。

あるとき幼い女児にカツラを買い与えようとする母親を目撃した。成人した女性のおしゃれなら、もちろんかまわない。しかし子供は未成年であり、無収入者だ。高級寿司店で子供に高価な寿司を食べさせるのと同じだった。人間には年齢に応じた生活があり、相応の分というものがある。そこからはずれたことを許さないというのは、きわめて大切なことであると述べている。

小説執筆のために雑事は一切しない

吉村の父親は紡績工場と製綿工場を経営していて、工場の始業開始は午前七時だった。その時間に兄が寝ていると、学校に行き、三度の食事がとれるのは誰のおかげだ、工場で働いている人のおかげではないかと、布団をはぎとった。酒癖が悪く、待合の女将《おかみ》を愛人にしていたが、その父親から無言の教訓を得ていたことに、あるとき気づいた。

父親は必ず約束を守る人だった。創業時代に借金をしたが、返済日の一日前に必ず返金した。注文を受けた製品は、納入日の午前中に搬入した。午後というのは翌日に属するという考え方からだった。その姿を見て、生きていくには自分を厳しく律する掟が必要だと思った。いくつもの戒律を自身に定めてきた吉村だが、その原点は父親にあったのだ。人間は弱いものだから、つい易《やす》きに流れてしまう。竹の節のように戒律を設けていれば、それに身をゆだねて生きていける。

父が死亡した年齢より私は二十二年も生きている。この年齢に至って、父が商人に徹して生きた姿に多くのものを教えられている。

生きる道は異なっていても、真摯《しんし》に一筋の道を生きた商人の父の仕方は、私の道にも通じている。商いに徹していた父が、私の師表とするものに思えてもいる。


（「家系というもの」『わたしの普段着』）


吉村にとってのひと筋の道、もちろんそれは小説だった。小説を書くために一日があった。物事の優先順位のいちばんは小説の執筆で、そのために雑事は一切しないと決めていた。

具体的には講演、運動、ゴルフをあげている。観劇などの誘いも断った。劇団四季からミュージカルの招待券が二枚送られてきても、「お前が行けばいいじゃないか」と妻に言って興味を示すことはなかった。吉村がもっとも大切にしていたのは時間で、その時間のすべてを小説に費やそうとした。雑事をしている間に、一字でも多く原稿用紙のマス目を埋めたい。一作でも多く満足のいく小説を書きたい。

運動やゴルフはうなずけるが、講演さえ雑事とみなしていた。講演を引き受けると、話す内容を調べるのに一日かかる。地方の場合は一泊することになり、二、三日は割かなければいけない。その時間を惜しんだが、これには例外があった。

吉村の人生作法は、まず「原則」があり、理由が認められる場合には「例外」が生じる。エッセイを読んでいると、「固辞」「辞退」という言葉を見かけるが、しないことは断固しない。

講演は原則として辞退していたが、例外として引き受けるのは次の二つの場合だった。

一つは世話になった編集者からの依頼だ。吉村の場合、学生時代に小説を書き始めてから世に出るまでの期間が長かった。とりわけその時期に、温情に接した編集者には恩義を感じ、断るということはなかった。

もう一つは、小説の取材で世話になったところだ。『戦艦武蔵』を始めとする長崎や、『ふぉん・しいほるとの娘』『長英逃亡』の舞台となった愛媛県の宇和島、『破獄』『羆嵐《くまあらし》』の北海道などからの依頼だった。どの地もたびたび訪れている愛着のあるところで、食と酒の楽しみもあり、喜んで出かけていった。

講演の依頼元も様々だった。『破獄』を始め、刑務所にかかわる小説を何作か書いたため、刑務所で刑務官の研修が行われるたびに講師に招かれたこともあった。

「××刑務所からお迎えに参りました」

講演のある日は、刑務所の所員が車で迎えに来た。その講演を断らなかったのは、謝礼があまりにも少額だったこともある。そのために断ったと思われるのは本意ではなかった。謝礼なしを講演の条件にしたこともあった。小説の取材で通った地方の図書館からの依頼などだ。住んでいる町内からの講演依頼は、町を舞台に小説を書いていることもあり、例外の部類に入るので引き受けた。そのときも謝礼なしを条件にした。

学生時代に臼井吉見の講演をきいて感動し、編集者になりたいと思って出版社に入った知人がいた。講演は一人の人間の一生を決定づけることもあるのを知り、自分の胸にあることを率直に話せばいいのだと思うようになった。

しかしながら、今後はもう講演を引き受けないと思わせる出来事があった。ある地方都市が主催する講演を引き受けたところ、四十度近い高熱が出て、講演当日の朝になっても下がらなかった。見かねた妻が代役を引き受けると言ってくれたが、市役所の職員はきき入れず、ポスターやパンフレットは配布済みで、どうしても来てくれないと困ると言う。そうまで言われてはどうにもならず会場に向かったが、講演のあとで一ヶ月も床に伏すことになった。

私は、大いに反省した。吏員は職務に忠実であったのであり、すべては私が依頼を引受けたのがいけなかったのだ……と。自分の体が生身《なまみ》であることを忘れていたのは軽率であった、とも思った。講演を引受けた瞬間から、私は公人に似たものになり、私ごとの事情は許されない立場にある。そのような恐しい性格をもつ講演を、漫然と引受けていた自分に非のすべてがあるのだ、と思った。

（「咽喉もと過ぎれば……」『私の引出し』）

二泊三日以上の旅はしない

それからは、人間は生身だということを思い知らされて、講演依頼があると辞退を繰り返した。しかし喉元過ぎれば……ということもあり、急病の場合は代役を立てると言われて、再び引き受けるようになった。それでも年に数回だが、講演先で思いがけない人との出会いもあった。

小説の取材と講演で、全国で訪れない都道府県はなかった。とりわけ北海道は百五十回以上、長崎は百七回、愛媛県の宇和島も五十回前後訪れている。年にもよるが、月に二、三回は旅に出ていただろうか。

その旅にも掟があった。掟というより身についた習性だろうか。二泊三日以上の旅はしなかった。講演でも取材でも大抵二時間で終わる。それ以上滞在する必要がないこともあるが、気持ちの問題だった。早く書斎に帰りたい。帰心矢の如しだった。書斎の回転椅子に坐っているときが、いちばん気分が休まった。煩わしいことがあっても、落ち着いた気持ちになったというのだから、よほどの精神安定効果があったのだろう。

岡山で講演があり、一泊の予定だったが、講演のあとの懇親会が終わったのが四時半だった。予定を繰り上げて新幹線に乗り、夜九時半に帰宅した。同じく岡山に取材で行ったときも、三時過ぎに終了したので、のぞみで帰京した。自宅でゆったりとビールを飲んで、幸せな気分だった。井上靖に、中国に行きませんかと誘われたときも、二日以上はダメなんですと言うと、それじゃダメだなと笑われた。海外旅行は好まず、仕事で二度しか行っていない。

新聞や文芸誌に連載小説を書き、著書も次々出版されて、多忙を極めていたときだった。今年は一ヶ月ぐらい夏休みをとってくださいと、編集者から言われたことがあった。傍らで見ていても、休養が必要だと思うような仕事ぶりだったのだろう。

当初は神戸に行く予定だった。妻の姉がいて、六甲山は避暑地だった。しかし神戸は遠く、一ヶ月は長過ぎると言い出した。それで箱根のプリンスホテルに一週間となった。ところが、二泊しただけで飽きてしまった。近くに一杯吞む小料理屋もなく、人間以外に興味のない吉村は、名所旧跡といった観光に出かけることもない。

結局予定を繰り上げ、二泊三日で帰京となった。

世の中、お互いさまです

小説だけに時間を費やしたいという一方で、近所づき合いや人づき合いを大切にした。まだ月下美人が珍しかった頃、開花の夜に近所の人を招待し、ビールをふるまったことがあった。

自宅の台所の延長のような、「富寿司」という寿司屋があって、編集者を案内したりして、常連の一人になった。近所の人とのつき合いは大抵この店から始まっている。店の常連客でソフトボールチームができて、吉村は請われて総監督に就任した。

店の客で山口瞳のファンという鳶職人がいた。サインをもらってあげようかと言うと、鳶職人は目を輝かせた。面識のある山口に手紙を書くと、サインと色紙が送られてきた。山口瞳からすぐサインが届いたので、「先生（吉村のこと）は偉い人なんだ。それほどとは思っていなかったんだけれど……」と言われて苦笑するしかなかった。

吉村の好物の自然薯《じねんじょ》が、富寿司の店主によって庭に植えられたことがあった。自然薯のつるになったむかごも、煎って食べるとうまかった。ところが、自然薯のつるが出ているところをセメントでかためなければいけない事情ができて、自然薯は掘り起こされることになった。自然薯が切断されてしまうと思った吉村は富寿司に急いだ。「それは一大事だ」と、寿司屋の店主も言い、吉村家に駆けつけた。近所の家の自然薯のことで、一大事だと言って駆けつける。ほのぼのとした下町の人間ドラマの一コマを見るようだ。

吉村の生家では、茶の間の長火鉢の前に一家の主である父親が坐り、来客が絶えなかった。それが原風景としてあるのだろうか。自身が家庭を持ってからも、「人が来ないような家は、暗くていけない」「人が来てくれることは、有難いと思って感謝しなくてはならない」と言っていた。

吉村家の隣の主人は「世の中、お互いさまです」が口癖だった。近所で葬儀があって路上に花が並んだときも、お互いさまですと言った。その主人が亡くなったとき、向こう隣の老婦人が、お宅様と私の家は、お隣ですから香典も特別にさせていただきましょうと淀みのない口調で提案した。

むだにお飾りをくぐっていない、という言葉がある。お飾りとは正月に軒先などにかける注連縄《しめなわ》などで、年齢をかさねた人間は、それだけのことはあるという意味である。私なども、時折り年長者の口にする言葉に、なるほどと感嘆することがある。その度に、むだにお飾りをくぐっていないのだな、とつくづく思う。

（「むだにお飾りはくぐらない」『私の引出し』）

とはいえ人間は様々で、思いがけない反応に呆然とすることもある。

自宅に届いた郵便物の中に、誤配の茶封筒があった。速達になっていて、差出人は某有名大学で、宛先は近所の番地だった。時期からして、おそらく合格通知だろう。受取人は一刻も早く手にしたいだろうと考え、その番地の家を探して郵便を手渡した。吉村はよいことをしたと思った。ところがその家から郵便局に激しい抗議があった。郵便局が誤配をしたことが許せないというのだ。

人間は、神様ではない。ときには誤配することもあると、釈然としない気持ちを記している。間違い電話についても、人は誰でも間違い電話をかけるとしている。誤記や誤配と同様、咎《とが》めることはない。間違って電話をかけたら、「失礼しました」「どういたしまして」というやりとりをすれば丁寧で、非を責めるようなことではない。

今でも暦に添えられている六曜についてもこう述べる。


六曜とはこのような類《たぐ》いの迷信なのだが、なにも目くじら立てることはなく、こんなものもあってもさしつかえないのではないかと思う。迷信であると知りながら、それをやんわりと受けとめるのも人間のおおらかさなのだと思う。（「大安、仏滅」『わたしの普段着』）

恩義を忘れず、半日かけて床屋通い

吉村は、世話になった人への恩義を後々まで忘れなかった。

その一人が、床屋の佐々木さんだ。二十歳のときに喀血《かっけつ》した吉村は、絶対安静の肺結核の末期患者となった。当時結核は死の病と言われた伝染病で、家族に次々と感染し、一家が全滅するという悲惨な例もあった。見舞いに来ても家に入らずに帰る友人もいた。

そんな中で、佐々木さんはためらうことなく吉村の髪を刈りに来てくれた。

手術を受けて健康をとり戻し、結婚して郊外に住むようになっても、吉村は片道一時間以上かけて佐々木さんの店に通った。昼食後に出かけて行って、帰ってくるのは夕食時。散髪に半日かける夫に、妻は疑問を口にする。恩義を感じているのはわかるが、二十年以上通い続けて、気持ちはもう十分伝わっているはずだ、と。

太宰治賞を受賞して、出版社から小説の依頼も来るようになり、いよいよ半日かけて通う余裕がなくなった。だからといって黙って行かなくなることはない。何事もけじめをつける。

私は佐々木さんに電話をかけて、事情を述べ、

「二十一年間、頭を刈ってもらってありがたかった。もっとも、頭の薄れる菌まで移されたのは迷惑だったけれど……」

と、礼を言った。淋しい思いであった。

（「床屋さん」『実を申すと』）

文壇で地位を確立して、仕事を抱えながらの義理を欠かない人づき合いは、よく時間を捻出していたと感心する。札幌に行くと必ず立ち寄った「ＢＡＲやまざき」の店主は、吉村の義理がたさを語っている。店主が余技とした切り絵一万枚の達成記念パーティにも東京から

駆けつけ、店主が自叙伝を出版する際は原稿に眼を通し、推薦文を寄せたという。

吉村は下町の地域雑誌「谷中・根津・千駄木」（通称「谷根千」）の読者で、編集人の森まゆみによると、「自筆広告（無料）」と書いても、「無料広告代、ご笑納下さい」と一万円が同封されていたという。講演も謝礼なしで引き受け、それどころかサイン本を持参し、お世話になった方に差し上げてくださいという気の配りようだった。

平成十四（二〇〇二）年、長崎で豪華客船ダイヤモンド・プリンセスが火災炎上したのは衝撃だったようだ。百回目に長崎を訪れたときには、長崎奉行と書かれた陶板を贈られた吉村としては、痛ましい思いでニュースに接していた。それを知った人が、長崎新聞に知り合いがいるので、思いを綴ったエッセイを書いてくれたら、掲載するように働きかけてみると伝えてきた。長崎に感謝の念を抱いている身としては、一文を寄せるべきだと思った。

しかし新聞社から依頼されたわけではなかった。人の仲介によって掲載されるのは、一種の売り込み行為だと吉村は考えた。そして、新聞に投書という方法をとった。そのようなことは、もちろんしたことがなかったが、この場合いちばんふさわしいと考えたのだ。

投書を受けとった新聞社も驚いたようだった。名のある小説家が投書するとは思えず、同姓同名の別人かとも疑ったらしい。投書は「みんなのひろば」という投書欄に掲載され、励まされたという手紙が新聞社経由で何通も届いた。

残された時間は自分のためだけに費やす

私が媒酌人をして欲しいと言われると、ためらいもせず応じたのは、お世話になった世間様への御恩報じという気持からであった。生れついてから、世の多くの人たちになにかと世話になり、死の淵までゆくような大病をわずらいながら、それも克服して結婚するまでになった。これは並大抵のことではなく、請われたかぎり、それに応じるのが義務と考えたのである。

（「媒酌人」『回り灯籠』）

吉村の父親はこの世に生きる人間のつとめとして、冠婚葬祭には必ず出向いていった。その姿を見て育った吉村も、時間の許す限り結婚披露宴や葬式に参列した。請われるままに引き受けた仲人は六十組にのぼった。

ところが六十代になって心境の変化が生じた。世間様への御恩報じは十分に果たしてきた。これからは残された時間を自分のためだけに費やしたい、と。そうして六十代後半以降は、親しい友人と、文壇の先輩の孫の媒酌人を引き受けただけになった。

媒酌人をつとめると、年末に新郎新婦から品物が送られてくる。一度だけは受けとり、今後はそのような心づかいは必要ない旨の礼状を書いた。それでも送ってくる夫婦は、相手の信条だと考えて受けとった。

文学上の祝い事があったとき、祝い金を持参した知人がいた。金をもらう理由はないので固辞したが、折角持ってきてくれたものを受けとらないのは失礼にあたると考え、ありがたく頂戴した。贈り物というのは、贈るほうも受けとるほうも難しいと思ったようだ。

年とともに残された時間は貴重になったが、年に一度の定期検診は必ず受けていた。がんの早期発見のためだった。両親や兄、弟をがんで失っている。いつかは自分の身にもがん組織が頭をもたげるに違いないと思っていた。それ以外にも検診を受ける理由があった。


二十歳の折に肺結核の手術を受け、それから三十一年間生きつづけてきた私は、いわば医学の恩恵を受けた身である。直接的には、執刀してくれた外科医のおかげであり、自分の体でありながら、その外科医の一成功例である対象物でもある。（略）そうしたことから、私は、外科医に対して少しでも長い間自分の肉体を維持してゆかねばならぬ義務に近いものを感じている。

（「身構える」『その人の想い出』）

医学の恩恵で生き続けている身なので、つまらないことで肉体を失っては申し訳ないという気持ちがあったようだ。それもあってか身を守るということが習性になっていた。健康に関してだけでなく、自身をとり巻く環境やアクシデントからも身を守る。

トラブルを避けようとしたのは、それによって奪われる時間が惜しいからでもあるだろう。面倒な揉め事はかかわらないに限る。

その一例が、四十代初めの、東京郊外の東伏見からの転居だった。突然、環状道路建設の話がもちあがり、住んでいた家が道路計画に入ることがわかった。立ち退きによる保障金などの交渉に、住人の会を設ける話が出て、吉村も発起人の一人になるという噂が流れた。

元来、集団行動は苦手だった。小説を書くための時間が、そのような交渉事にとられることに恐怖を感じたのだろう。逃げ出さなくてはいけない、と咄嗟に判断した。不得手なこと、何より時間をとられる雑事は巻き込まれる前に身をかわす。最初から戦わなければ、時間も労力も浪費することはない。

こんなこともあった。大学時代の友人が女性を連れてやってきた。夏目漱石がその女性の父親に宛てた手紙があって、それを百万円で買ってくれる人を紹介してくれないかという。たとえ文豪であっても、その手紙が未知の人の眼にさらされるのは私信公開にあたる。しかもそれを金銭の対象として売り払おうとする行為は、漱石に対して礼を失している。不快な気持ちになり、怒りを抑えるのに苦しんだ。向かい合っているのも嫌だった。

「こういうことは、きらいです」

それだけを言うと、素っ気なく突き返した。別のときにも、ある作家の毛筆の手紙を金銭に換えようとする男がいて、また嫌なものを見たと思った。

そうかと思うと、吉村自身にかかわるものが売られていたことがあった。知らせてくれたのは古書展によく行く知人で、出かけていった古書展で吉村宛の年賀はがきが売りに出されていたという。

これは一大事だと思った。自分宛の年賀状が金銭の対象になっているというのだ。毎年、数百通届く年賀状は一年間保管し、年の暮れに焼却するのを常としていた。調べたところ、古書展に出品したのは近所の古書店で、古新聞の回収業者から買ったという。ひろげた新聞の上で年賀状を見て、それが新聞の上に落ち、気づかずに新聞を畳んだのだろうか。高名な文芸評論家からのものが混じっていたので、古書店主は売れると思ったのだろう。

そのときは事を荒立てることはなかった。しかし、ときには穏便にいかないこともある。静岡にある菩提寺との一件だ。吉村家は吉村の長兄で十代目になり、二代目が建てた小さな寺が静岡にあった。その寺の住職から、寺を建て替えたいので寄進してほしいと言われ、かなりの額だったが吉村は亡くなった弟の分まで出した。

ところが亡くなった兄の長男はとても出せないと言った。それで吉村が寺と交渉したところ、住職が「出せないなら戒名を降格させる」と返答した。

吉村は怒った。住職夫妻が何度謝りに来ても絶対許さなかった。もうあの寺の墓には入らないと言って絶縁したのだ。

怒るときは怒り、一切の関係を絶つ。めったにないことだが、それも吉村のけじめのつけ方だった。

第二章　これは小説になる、を探して——仕事の作法

書き出しをあやまって二十枚ほどの原稿用紙を焼き、今また原稿用紙を炉に投げ入れようとしている。（略）

ばかだなあ、全く、と私は胸の中でつぶやき、炉の扉をしめた。

（「原稿用紙を焼く」『史実を歩く』）

世に知られていない、完全燃焼して生きた人間を描く

吉村昭は、日本の戦後作家の中で、きわめて稀な存在と言える。

その理由は二つあって、一つは三十九歳でデビューして以来、スランプというものがなく、七十九歳で亡くなるまで、現役作家として書き続けたことだ。

大抵の作家は、作品の量と質において、波があるものだ。毎年コンスタントに質の高い作品を発表できる人は少ない。吉村の場合、亡くなる二年前を除いて新刊が刊行されなかった年はなく、多いときは一年に単行本が八冊出版されている。亡くなってからも、歴史小説のシリーズや短編集、エッセイの刊行が続いた。

しかも作品の完成度はいずれも高く、今でも新たな読者を増やしている。これが二つ目の理由だ。一般に、作家は亡くなると急激に読者を失うと言われているが、わずかながら例外

的な作家もいる。そのことは吉村自身も太宰治を例に書いている。ごく一握りの作家だけが没後も読み継がれて、幸せな作家だと述べているが、今や吉村自身がそうなっている。

今年で没後十六年になるが、昭和四十六（一九七一）年に新潮文庫版が出版された代表作『戦艦武蔵』が半世紀余りで八十一刷りになっているのを始め、『高熱隧道』『羆嵐』など今でも多くの作品が版を重ねている。

いまだに現役作家のように読まれ続ける理由はどこにあるのか。

小説を書く以外に、この世に生きてきた意味はないと言う作家だけに、小説に関する戒律や習いとしていたことはいくつもある。それを辿っていくことで、理由の一端が垣間見えるかもしれない。

まず、題材の選び方である。

私は、編集者に素材を提供されて小説を書いたことは、ほとんどない。自分から探し出して書くのを習いとしていて、すすめられても心が動かされることは少く、手を出す気がしないのである。

（「鯨が日本を開国させた」『史実を追う旅』）

黒部第三発電所の建設を描いた『高熱隧道』を発表したあと、「青函トンネルを書いてみませんか？」と編集者に言われても、とり合わなかった。同じトンネルでも、青函トンネルにはまったく関心がなかったからだ。

自分が興味を持っていることだけを書く、という信念があった。そのために小説の素材になるものはないかと、常にアンテナを張り巡らせていた。小説の題材にはならなくても、エッセイの素材になることもある。

ある文学者を主人公に書こうと調べていたが、好みでない生き方をしていたことがわかって、たちまち興味を失った。大きな魅力を感じなければ小説に書く気は起こらない。同じ人物を、他の作家が書こうとしているのを知って、慌てて中止したこともあった。素材は無限にあると信じていた。作家によっては、競ってでも書くという人もいるが、そういう発想はない。『大黒屋光太夫』のときは、井上靖が『おろしや国酔夢譚』を発表したため、執筆対象から除外されていた。しかし、新たな史実が世に出たので、それをもとに光太夫を書こうとした。

では、どのような人物に心惹かれたのだろうか。共通する傾向があるようだ。

私は、歴史上著名な人物を主人公にする小説を書くよりは、全く世に知られてはいないが、歴史に重要な係りを持つ人物を調べ上げて書くのを好む。

（「日本最初の英語教師」『史実を歩く』）

歴史上、もっとも関心があるのは、江戸後期から明治維新にかけてだった。人物でいうと、主流より傍系のほうに興味が向き、西郷隆盛のような英雄は書こうとも思わないと述べている。

限られた時間を完全燃焼して生きた人間というのは、いちばんの関心事だった。若い頃の末期の結核患者だったときに、あと五年生きたい、千八百日生きたい、と願ったことによるものだった。最初の歴史小説『冬の鷹』は、「解体新書」に携わった杉田玄白と前野良沢を主人公にした。

良沢も玄白も、文化史上忘れることのできない偉大な人物であった。玄白の生き方は、後の時代に多くの恵みをあたえ、それ故により偉大ともいえよう。

しかし、私は、良沢の生き方に羨望を感じる。かれの不運は、かれ自身がもたらしたもので悔いはないはずだし、そこにかれの生きた日々の救いが残されている。

私には、かれのような孤然とした生き方を理想とする気持がひそんでいるが、そのような強靭な神経は持合わせていない。俗人であるが故の、羨望にすぎないのだ。

（「孤然とした生き方」『白い道』）

江戸時代の思想家・高山彦九郎を描いた『彦九郎山河』は、彦九郎に対する悲哀感が筆をとらせた。『落日の宴』の主人公となった幕末の勘定奉行・川路聖謨《かわじとしあきら》は、人間性に魅せられたからで、次のように述べている。

自分にはきわめてきびしく、他人には思いやりがある。教養が豊かで、判断力は抜群である。

かれの人間性が、私には興味深い。女性には潔癖で、妻に惚《ほ》れぬいている。風呂《ふろ》がきらいだが、浴室に入る時には必ず塩を盛った皿を持ってゆき、睾丸《こうがん》を塩でもみ洗いする。精力減退を予防するためなのだという。

幕府が倒れ、江戸城を官軍に明け渡すことがきまった時、かれは短銃自殺をする。こういう人物が私は好きだ。（「短銃」『わたしの流儀』）

吉川英治文学賞を受賞した『ふぉん・しいほるとの娘』の主人公・イネも、高潔で自分に厳しく、他人に寛容な日本女性として描かれている。

題材探しは自分でするのが原則だったが、出会った人から、おもしろい題材があるともちかけられることがあった。四度の脱獄を繰り返した無期懲役囚を描き、緒形拳やビートたけしの主演でテレビドラマ化されている『破獄』がその例だ。珍しい経験をした人がいると言われ、会って話をきいてみたが、小説として書こうという気は起こらなかった。あまりにも話が劇的で、安直な読み物になるのを恐れたからだ。波乱万丈の物語でおもしろいではないか、という発想はない。

しかし捨ててしまうにはためらいがあった。自身の作品の中で、苦しみ抜いて書いた『羆嵐』を思い出した。北海道の開拓村で羆が入植者を襲った事件をもとにした小説だが、そのときも劇画になるのを恐れた。北海道の土の臭いが描ければ、興味本位の読み物に終わることはないと考えた。その「土」にあたるものは、脱獄犯の場合は何なのか。それを探し続け、無期懲役囚を監視している看守ではないか、と思いあたった。羆や脱獄犯では題材にならない。羆に対して土、脱獄犯に対して看守を描くのが、吉村昭の小説なのだ。

新しい史料の発掘がなければ書く意味はない

吉村は、取材ではなく調査という言葉をつかっていたが、小説の取材にもいくつかの流儀があった。

まず、取材は自分自身で行った。『ひとり旅』と題するエッセイがある。小説のための取材は、いつも一人が原則だった。小説を書くのは自分だから、取材も自身で行うべきだという考えからだった。取材相手も自分で探し出し、アポイントも自分でとった。吉村ほどの小説家で、何もかも自分でという作家は珍しいのではないか。

だから偽者ではないかという、笑い話のような疑いが生じる。朝日新聞に小説を連載中の作家が、編集者をともなわずに一人で来るとは思わず、取材を受けた役所の職員が、ひょっとしたら吉村昭を名乗る偽者ではないかと疑ったことがあった。

次に、必ず現地に足を運んだ。「北海道警察史」や「網走市史」といった公的な記録も信用せず、現地に赴いて白紙の状態から取材を始めた。活字になった記録があてにならないことを痛感しているからだ。たまには編集者を連れて行ってくださいと言われ、証言の取材に代理で行ってもらったことがあった。過不足なく要点をまとめたものを手渡されたが、物足りない思いがして、それ以降は自分の足をつかって取材するのを習いとしていた。

そして、世に知られていない埋れた史実を、自分の手で探し出すのを常とした。いくら魅力のある題材でも、新しい史料の発掘がなければ書く意味はないと考えていた。

『ふぉん・しいほるとの娘』がそうだった。シーボルトについての類い稀な大著があり、圧倒されてシーボルトに関する小説は断念すべきと思った。しかしシーボルトの陰の部分が書かれていないことに気づき、新たに取材を始めた。『生麦事件』を書こうとしたときは、鹿児島に行き、事件の研究者は皆無だと言われた。そのときは失望どころか、心のたかぶりを覚えた。誰も手をつけていない史料の山に、踏み込んでいくような興奮があった。

「島抜け」という中編小説では、種子島へ向かった。島では江戸時代に島抜けは皆無とされていたが、次々と断片的な史料を発見することができた。埋れている史料も、現地に足を踏み入れて探れば見出すことができるのを知ったわけだが、そこまでの執念があってのことだろう。

そうして取材を続けているうちに、カンが働くようになったのだろうか。史料はここにあると思って出かけていくと、必ずそこにあった。史料がそこで待っているという体験をするようになった。

「松の木があった」と記録にあっても、それが赤松なのか黒松なのか、現地に行って確かめる。『ポーツマスの旗』で海外取材に行ったときは、ポーツマス条約の会議よりも、このあたりは蚊がいませんか、港の汽笛の音はきこえますかという質問をして相手に怪訝な顔をされた。

徹底した綿密な取材の例は切りがない。きわまった例として『桜田門外ノ変』がある。井伊大老を襲撃した指揮者を主人公にしたこの小説では、事実がつかめず、推測で書いたところが一ヶ所あった。事件当日の、雪がやんだ時刻だった。史料としてあったのは、水戸の豪商の日記のみで、水戸と江戸では天候も違う。「週刊新潮」の「掲示板」でも、呼びかけて史料を求めたが、反応はなかった。

推測のまま本が出版され、紀伊國屋ホールで講演をしたときも、「八ッ（午後二時）すぎにはやんだ」の部分は、クエスチョンマークをつけてくださいとわざわざ断った。刊行後も心残りになっていたところ、講演をきいた人から、文人の斎藤月岑《げっしん》の日記に記載があるという葉書が届いた。早速調べると、「昼時過」となっていたので、記述はそのままにした。

ところがその後、哲学者・西周《にしあまね》の妻の日記に「九ッ（正午）過頃にやみにけり」とあるのがわかり、八ッを九ッに訂正した。

たった一ヶ所の記述にも妥協せず、これほどの時間と手間を費やしている。

船を出し、マグロを発見すると、生きた烏賊《いか》をつけた鉤《はり》を投げる。海面のかすかな動きと色でマグロが近づくのを知るというが、その魚影を見出すのは長年の経験と鋭い勘がなければできない。

烏賊をのみこんだマグロは、全速力でにげる。

釣糸は、籠の中に円型になって入っていて、マグロがかかるとすさまじい勢いで飛び出してゆく。

糸が焼けぬように、あらかじめ桶で汲んだ海水がかけてあり、そこに小さな虹が湧く、という。

「虹ですか」

私は、たずねた。

「そうよ。海水がはねるから、それで虹みたいになるのよ」

泉さんは、焼酎を飲みながら答えた。

私は、この一語で小説になる、と胸の中でつぶやいた。（「小説の映画化」『史実を追う旅』）

緒形拳や夏目雅子が出演し、映画化された『魚影の群れ』の取材での情景だ。これは小説になる、という一節は何度かエッセイに登場する。その瞬間と出会うために、「ひとり旅」を続けていたのだろう。

歴史小説は史実を絶対に歪めてはならない

万年筆とノートと小型のテープレコーダー。

それが取材道具だった。相手の話を筆記する際にカタカナをつかったのは、ひらがなより速く書けるからだ。カメラを用いることもあったが、写真の代わりに詳細な図を描いた。

自身のことを、対人恐怖症とまでは言わないが、未知の人に会うのに逡巡があると記している。しかし小説の取材には喜び勇んで出かけていった。いかにも取材なれした作家でないからこそ、相手も警戒を解いたのではないだろうか。

取材の過程でも様々なドラマが生まれた。昭和四十七（一九七二）年に「文藝春秋」に連載した『深海の使者』のときだった。当時は電話がまだ普及していず、住所を頼りに証言者の家を訪ねた。岡山県のさる町の、ある家を訪ねると葬儀が営まれていた。証言を求めようとした元水兵の葬儀だった。訪ねるのが遅すぎたと思ったが、そのまま立ち去ることもできず、ちり紙に紙幣を包んで焼香台に供えて合掌した。あなたに会うために東京から来ました、と胸の中でつぶやいた。会うことはできなかったが、証言を得たような気持ちになった。

前述の『破獄』の取材では、脱獄犯を受け入れた府中刑務所の元所長に話をききたいと思った。しかし、どのように書かれるかわからないので、と断られた。そのような場合、相手の立場を考えて引き下がるのを常としていたが、そのときは引き下がれないものがあったのか、『破獄』を連載している雑誌を送った。元所長は事実をそのまま書いていることに好感を抱き、会うことを承知した。

ある刑務官との出会いもあった。脱獄犯を担当した刑務官が、あと二ヶ月で定年退職を迎えることになっていた。今は難しいかもしれないが、退職後なら取材に協力してあげてはどうかと、吉村を前にして上官がすすめた。すると、その刑務官は、「お言葉を返すようですが、私は刑務官を拝命して以来、所内のことについては家内にも一切話をしておりません。

退官後もそれを通すつもりでおります」と、直立不動の姿勢で唇を震わせて答えた。

吉村は、涙がにじみ出るくらいに感動した。職務に忠実に生き抜いてきた男が、ここにいると思った。このときも話はきけなかったが、刑務所で仕事に従事する刑務官の世界を垣間見た思いだった。

この脱獄犯については、当時の東條英機首相が強い関心を示し、「その男はなにかに使えんかな」と言ったという話があった。おそらく機密工作員の類いだろうが、小説の中に加えることはしなかった。『破獄』には、作品に託して訴えたい一つの主題があった。いくら読者の興味を引くものであっても、東條の話を入れると、小説の流れがそこでとまってしまうと考えたからだ。保釈後の脱獄犯について簡潔にしたのは、プライバシーに配慮したからでもあった。

小説家であるよりも、人間でありたいと述べている。

歴史小説を刊行すると、日本各地の郷土史家の厳しい眼にさらされる。だからというわけではないが、執筆にあたっての大原則の戒律があった。歴史小説は、史実を絶対に歪めてはならないというものだった。

たとえば戦艦武蔵をおそったアメリカ艦載機の飛来時刻を一分まちがって記せば、それは戦史小説としての価値を失う。そうした癖が歴史小説を書く折にも常に念頭にあって、あくまでも史実に忠実であることを願っての執筆をつづけている。

（「勝者の歴史」『回り灯籠』）

歴史小説は、歴史と冠するかぎり史実に忠実でなければならない。小説であるからと言って史実をいじってはいけない、史実そのものにドラマがある、と思っている。

小説にはさまざまな形があり、自由であるが、私の場合は、史実をあくまでも尊重することを自らに課している。

（「証言者の記憶」『私の引出し』）

戦争を扱った『戦艦武蔵』が最初にあったからだろうか。

戦争の場合、何時何分何秒に何があったという記録が残っている。取材は、証言者の回想を集め、公式記録で裏づけるという方法をとった。証言が主で、記録が従だった。一つの事柄について、二人以上の証言を得て、それが合致した場合のみ採用するのを常とした。

歴史小説の場合も基本は同じだった。異なる点といえば、歴史小説には証言者がいないということだ。そして戦史小説には多くの記録があるが、歴史小説には庭の飛び石のようにしか記録がない。江戸中期以降の時代を背景にした小説を書くのは、正確度の高い史料が残っているからでもあった。史実と史実の間を埋めていくのも、小説だからといって、おもしろおかしくすることはもちろん許されない。

そもそも戦史小説や歴史小説は、正確な史実に基づいて書かれているものと思っていた。実はそうではないと知ったのは、『戦艦武蔵』の取材をしたときだった。元下士官の手記を読んだが、明らかな作り話が含まれていた。それが戦史として後世に伝わってしまう恐ろしさを感じた。史実をないがしろにして、おもしろさを優先させる小説は、歴史小説ではなく、時代小説と言うべきだと手厳しい。

たとえ赤字でも取材費や謝礼は自分持ち

取材費は自前、というのも吉村の流儀だった。

『戦艦武蔵』の取材の際、武蔵の建造に従事した人から、行きつけの店で夕食をとりながらと言われたことがあった。話をきかせてもらった上に、散財をさせるわけにはいかなかった。

それでは筋道が逆になる。場所は東京の丸の内で、ツケのきくような店に心あたりはなく、持ち合わせも心もとなかった。

ふと、一人の友人が浮かんだ。八重洲で紳士服店を経営している男で、吉村は彼の結婚の際に仲人もつとめていた。肋骨を五本切除する手術を受けて以来、オーダーメイドの背広しか着られず、いつも彼に依頼していた。事情を話すと友人はすぐに了解し、お座敷天ぷらの店を紹介してくれた。場所を用意してありますから、と言って取材相手を店に案内することができた。

『破獄』のときは、取材費も出版社で出し、編集者にも取材に協力させると言われても断っていた。出版社に迷惑をかけたくないこともあるが、自分の仕事なので、取材費は自分が持つという信念だった。もし取材中に乗った飛行機が落ちて、作品が未完のまま終わったら、出版社に借りができる。そんな負目を抱きながら死にたくないというのだった。

だから経済的に割に合わないことがあった。

『深海の使者』のときは、北海道から鹿児島まで、計百九十二人の証言者に会って話をさいた。原稿料は原稿用紙一枚三千円で、一回二十五枚なので七万五千円。十八回の連載だったが、完全に赤字だった。

旅費だけではない。取材相手には、現金で謝礼を払っていた。

短編小説「銃を置く」では、北海道の旭川で老齢の羆撃ちを取材した。取材が終わって、いつものように手土産の洋菓子と紙幣の入った封筒を差し出した。羆撃ちの老人は、洋菓子は受けとったが、謝礼は「こういうものは、やめにしましょう」と言って受けとらなかった。

このような場面は何度か経験しているので、無理にでも受けとってもらう方法を心得ていたが、老人の辞退の仕方は貫禄があって、それ以上の言葉が出なかった。

同じく北海道の枝幸町《えさし》で、短編小説「脱出」のために話をきいた開業医は、取材が終わると駅まで送ると親切に言ってくれた。前回の講演のときは、公的な依頼だったので送ってもらったが、今回は小説を書くという自分自身の仕事なので、好意に甘えるわけにはいかない。タクシーで旭川駅に向かい、タクシー代二万六千円と日記に記した。

いかなるときも、公私のけじめをつけるのだった。

最初の一行が決まるまで万年筆を持たない

さて、いよいよ原稿執筆になる。手順としては、すべての取材を終えてから原稿に向かうのではなく、四分の一ほどの取材が済んだところで原稿を書き始めた。短編小説なら、二十日間の時間をあてていた。まず下書きをする。四百字詰の原稿用紙一枚に、下書き用の細字の万年筆を使って細かい字で十枚分を書いた。三枚で三十枚になった。

本番の原稿は一日三枚のペースだった。この間は手紙を書くことも読書もしない。一つの作品のみに集中し、同時並行などしようとも思わなかった。

原稿を書く前に、ピエール・ガスカールの短編集を読んで、筆をとる弾みにすることもあった。学生時代から短編小説を手あたり次第読み、志賀直哉や川端康成、梶井基次郎に傾倒した。とりわけ梶井の文章は、吉村の根になっていた。七十歳を過ぎてからも、短編を書く前に、梶井の短編をじっくりと文字を追って読むのを習いとしていた。詩心を自分の身にしみつかせたいからだった。

小説の書き出しは、もっとも神経をつかった。

小説の書き出しをどのような文章ではじめるべきか。それは、小説を書く上で最も重要なことで、最初の一行がきまれば、その小説のほとんどが書き終ったに等しく、その日はなにもしない。書き出しの文章によって、その小説のすべてがきまり、短篇小説にかぎらず、長篇の場合も同様のことが言える。

（「小説の書き出し　にがい思い出」『ひとり旅』）

すぐれた小説は一行目がいいとして、川端康成の『雪国』を例にあげている。その一行に主題がつまっているからだ。

一行目が小説の運命を左右する。だから一行目が決まるまでは万年筆を絶対に持たなかった。その一行のために苦しむのが常だった。畳の上に仰向けに寝転んで、子供のように手足をばたつかせたり、洗剤で家の柱や電話器などを手あたり次第みがくこともあった。

それでも浮かばないときは、飲みに出かけた。

しかし、時間をかけて素材をあたためているうちに、書き出しは自然と定まってくるという。『戦艦武蔵』は武蔵の船台をおおったシュロのことから始めようと、ためらわずに決めた。名戦闘機の設計者に取材した『零式戦闘機』のときは、試作機を牛車で運ぶ場面からにした。

考えに考え抜き、神経をつかう書き出しだが、一度だけしくじったことがある。『桜田門外ノ変』のときだった。このときは二度原稿を反故《ほご》にしている。

私は、二百五十二枚の原稿用紙を手に書斎から庭に出た。焼却炉の前に立った私は、頭をかくような思いであった。長年小説を書いてきたのに、書き出しをあやまって二十枚ほどの原稿用紙を焼き、今また原稿用紙を炉に投げ入れようとしている。

いったいなにをしているのだ、と私は自らをなじるような思いであった。人には知られたくない、情ないような恥しい気持であった。泣き笑いという言葉があるが、私はにが笑いしながら原稿用紙を焼却炉に投げ入れ、百円ライターで火をつけた。

ばかだなあ、全く、と私は胸の中でつぶやき、炉の扉をしめた。

（「原稿用紙を焼く」『史実を歩く』）

一度目は書き起こす時代をまちがえ、二度目は史料にふり回された結果だった。綿密に調べ上げた史料だが、必要ないと思ったものは未練なく捨てるのを常としていた。取材をしても実際につかうのは二割ほどだと、新田次郎との対談で語っている。苦心して集めたものは、つい詰め込みたくなるが、そうすると焦点がぼやけてしまう。それでも史料を漁っていると、中には魅惑的なものがあり、判断を誤ることがある。小説は事実と一定の距離をおくことで成立するもので、史料にふり回されないのが鉄則だと改めて肝に銘じることになった。

小説を支える文章には妥協がなかった。

小説というのは、文章から受ける感動だということを、若い頃、志賀直哉の文章から教えられた。いかなる内容であっても、文章がよくなければ小説としての価値はない。ノンフィクションの場合でも、あるノンフィクション賞の選考委員をしたときは、書き手が文章の洗礼を受けていないことを指摘している。一冊の本の中に、同じ形容語が三つあるのは許されるべきではないと、対談で語っていた。

吉村自身は、志賀直哉に学び、一字でも少ない文字をつかって、対象を的確に描写することを心がけていた。志賀の「城の崎にて」は筆写したほどだ。小説は、きらりと光る鋭い表現が一ヶ所あればすぐれた作品になるとも述べている。

惚れ込んだ人物を主人公にすえ、徹底した取材の末に、置き換えのきかない文体で展開していく吉村ワールド。その文章から立ち上がってくる熱気のようなものが、今も読者をとらえて離さないのではないか。

原稿は締切り前に渡すのを習いとしていた。

約束を必ず守った父親の姿から学んだことだが、父親も、吉村自身も、小心者だからだという。締切り三日前になっても、短編小説が一行も書けないことがあった。頭が大混乱してパニック状態になり、酒の勢いで寝ても夜中に飛び起きるようなことを経験している。普段温厚な編集者が、締切りに遅れた作家に、電話口で人が変わったように怒声を発する姿を目のあたりにして、背筋が凍りつくような恐怖を感じたこともあった。

そうした経験を経て、短編なら締切りの十日ぐらい前に、自分で早めの締切りを設定するようになった。エッセイなどの締切りがあれば、先にそれを片付け、小説に専念する。ここでも大切にしていたのは時間で、時間に余裕を持たせることで、最初の一行を考え抜き、原稿を進めることができた。

編集者は、締切り前に渡す原稿を軽んじ、締切りぎりぎりの原稿をありがたがる傾向があると思い込んでいた。そうわかっていても性分というのはどうにもならない。

ある文学賞の祝いの会で、遅筆で知られる三浦哲郎と田久保英夫の間に坐ったことがあった。

——観る人もなき早咲きの梅林

特有の自虐を込めて、鬱屈した気持ちを俳句に詠んでいる。

消えると言われて消えなかったのは

ところで、苦節十数年の同人雑誌時代のことは、『私の文学漂流』に詳しい。

芥川賞の候補に四度なったが、結局受賞には至らなかった。人間には分というものがあり、商人の家から、芥川賞を受賞する小説家は生まれないと兄に言われたが、小説を諦めることははなかった。結核の手術を受けたいと言ったとき、危険だという兄の反対を押し切って手術に賭けた。共通するのは、決めたことを貫く強靱な意志と運の強さだろう。

「その頃のことですがね、私たちは、吉村昭はこれで終りだね、消えるよ、と言っていたんです」

氏は、まじめな表情で言った。

たしかにその頃、自分もそのような思いがしていて、すでに新人としての鮮度を失い、このまま消えると思っていた。氏は、それを素直に言い、私は氏の評論家らしい真率さに敬意をいだいた。（略）

「私たちは、あなたがこんな忘年会に出られるような作家になるとは思わなかった。まちがいなく消えると思ったんですがねえ」

氏は、笑った。

その折の氏の笑顔が、今でも鮮やかによみがえる。

（「林氏の笑顔」『縁起のいい客』）

氏というのは、評論家の林富士馬で、忘年会は文藝春秋が毎年暮れに開いているものだ。昔は新橋の料亭だったが、ある時期から都内の一流ホテルになった。作家なら誰でも招待されるものではなく、声がかかる作家とかからない作家がいる。

吉村自身も、長い同人雑誌時代に、何度か賞の候補になりながら、消えていった人たちを見続けてきた。才能があってもチャンスに恵まれず、消えていった仲間が死屍累々といた。幸運にデビューできたとしても、作家になるよりも作家であり続けるほうが難しいというのは出版界で言われていることだ。

『戦艦武蔵』は新聞各紙の文芸時評で大きくとり上げられ、ベストセラーになったが、純文学を書いてきた作家に対する冷たい視線もあった。世に出てからも、古いつき合いの編集者によれば、吉村の文壇での評価は当初は微妙なところがあったらしい。北大路欣也主演で映画化された『漂流』を刊行したときは、NHKからノンフィクションの番組に出てほしいと言われた。あとになって吉村は、ノンフィクションと言われるのは、最初はちょっと嫌だったと語っている。

評論家の予想に反して、なぜ吉村は消えなかったのだろう。どのような転機を経て、数々の文学賞を受賞し、文壇で揺るぎない地位を確立する作家になっていったのだろう。

理由の一つに、「環境力」とも言えるものがあったのではないか。

一人の作家が誕生するまでには、編集者を始め多くの人とのかかわりを必要とする。その出会いに恵まれていた。吉村も『私の文学漂流』のあとがきで、「私はなんという幸運な男だろう、とも思う。小説を書く仕事の上だけでなく、多くの人たちの好意に支えられて生きてこられたのだ、と深い感謝の念をいだく」と記している。

先輩作家とのかかわりで言えば、学生時代に同人雑誌に発表した「死体」を、三島由紀夫がほめたのは自信につながっただろう。文学の師の丹羽文雄の存在も大きい。丹羽は二十数年にわたって私費で同人雑誌「文学者」を発行し、発表の場があったことで、吉村は書き続けることができた。丹羽は吉村の文学性と社会性を早くから見抜いていたのも興味深い。

吉行淳之介の作品に魅了され、家を訪ねたことがあった。吉行が編集を担当する「風景」

という雑誌から短編依頼があり、それは吉行の好意によるものと書いている。学生時代から交流のあった八木義徳には、小説の批評だけでなく、文学に携わる人間の姿勢を教わり、「先生」と呼んでいた。

高見順は、芥川賞候補になった吉村の作品に、好意的な選評を寄せていた。しかし、あえて手紙を書くことはなかった。媚びるようなことはしたくなかったからだ。

高見が吉村のことを心配していたときき、がんで亡くなった高見に線香をあげに行った。

「高見は、あなたのことをひどく気にかけていました。あなたは必ず伸びると言っていた高見が、眼がなかったと言われないように、いい作家になって下さいね」

夫人は、激しく泣いた。

私は、ただ体を硬直させて坐っていた。氏がこのようなことまで書き遺《のこ》して下さっているのに、その期待にそえるような作品を書けぬ自分が情なく、私は、夫人の泣声を申訳ない思いできいていた。

（『星への旅』と『戦艦武蔵』「『私の文学漂流』）

佐藤春夫も吉村の芥川賞候補作品を評価していた。佐藤の推薦で、「芸術生活」の編集者から、頼みたいことがあるので来社してほしいという電話があった。

「佐藤さんが、吉村さんのことをひどく買っていましてね。才能のある新人だ、と言うので、私も、できるだけのことはしましょう、と申し上げたんですよ」

氏は、そう言うと、

「匿名《とくめい》で結構ですから、連載随筆を書いて下さいませんか。お小遣いかせぎぐらいにはなりますでしょう」

と、言った。

金に窮していた私は、氏の言葉に深い感謝の念をいだいた。

（「小説を観る眼《みめ》」『私の文学漂流』）

小説家は書いたものがすべて

編集者とのかかわりで言えば、のちに文芸評論家になった講談社の大村彦次郎は、早くから吉村の才能に着目していた。生活のために再び会社勤めをするという吉村に、必ず世に出る人だと思うので、小説は書き続けてくださいと言って励ましている。

友人で言えば、自分の故郷は小説になると言い続けたサラリーマン時代の友人がいる。彼に言われて岩手県の田野畑村に行き、太宰治賞を受賞した「星への旅」が生まれた。出世作『戦艦武蔵』を書くきっかけは、「文学者」時代からの旧友にすすめられたからだった。

友人からは題材を提供され、編集者には励まされ、そのように周囲の人たちに気にかけられたのはなぜなのか。応援したい才能というのは大前提だろう。吉村とも仕事関係にあったある編集者は、いくら人間的にいい人でも、才能を感じなければつき合わないと言っている。そうでなければ編集者は仕事にならない。

大前提以外に、吉村が好感の持てる人物だったことも理由ではないか。誰に対しても礼儀正しく、常に気配りを怠らない。

太宰治賞に応募した際、八十枚の「星への旅」と二百九十三枚の「水の墓標」（のち「水の葬列」と改題）の二作を送っていた。出版社から連絡があり、二作とも候補に残っているので、どちらか一作に決めてほしいと言われた。普通なら自信のあるほうを選ぶだろう。ところが吉村は、選考委員の労を軽くするためという理由で、短編にしてほしいと答えている。

そういう発想をする人物だったからだろうか。恩義を忘れず、筋を通す人だったからだろうか。吉村を心にとめる人たちが、ここぞというときに、さりげなく声をかける。環境力を引き寄せたのは、「人間力」だったとも言えるかもしれない。

そして、とにかく書き続けた。これが消えなかった最大の理由ではないか。

不安を押しのけるには書くしかない、書かなければ波は起こらないというのは、同人雑誌時代に痛感した教訓だった。年中無休で、ある時期は元日も午後になると書斎に入っていた。小説家は書いたものがすべてだとし、文壇や同業の作家とは積極的に交わろうとはしなかった。余計な人間関係や文壇事情とは距離をおいたところで、書くことのみに専念した。日暮里の生家があった地の前に立つ図書館に、吉村の著作を集めた専用コーナーができたときも、本来、自身の性には合わないとしていた。郷里の荒川区から記念館の提案があったときも、税金の無駄づかいだと言って固辞していた。

そういえば、吉村にはライバルと言える作家がいなかったのではないか。人と競うのではなく、すべての熱量は自分の内に向いた。

唯一、同志であった同業の妻の存在があるが、これは次の章で述べる。

小説を書く旅には編集者という杖が必要

吉村が酒席をともにするのは、同業の作家ではなく編集者だった。仕事上も、編集者という存在を重んじていた。最初の読者である編集者の顔を思い描きながら、編集者にいい作品だと満足してもらうために筆を進めた。小説家は舞台俳優で、編集者は演出家。作品は作者と編集者のせめぎ合いだと述べている。

ですから僕など一作書いて渡す時、「何か変な所があったら遠慮なく必ず言ってくれ」と頼みます。

小説には完璧というものはありませんし、八十点位のものであれば万々歳ですものね。編集者にもいろいろ注意して貰って、出来るだけそれに近づける。恥をかくのはこっちですものね。編集者にいろいろ言って貰わないと、僕自身が損してしまう。「なるほどな」と納得することが多く、それの連続です。僕だけではないですよ。偉い作家もそういうことをしてます。

（「小説とノンフィクションの間」『時代の声、史料の声』）

小説を書くという旅には、編集者という杖が必要だとも述べている。

講談社の「群像」の編集者に、短編小説の原稿を渡したときだった。「妻は返事もせずに目を閉じていた」という文章に対して、編集者が「返事も」という表現は強すぎるという指摘をした。「返事を」のほうがいいのではないか、と。考えた末に「返事を」に直した。それで作品全体がよくなった。「も」と「を」という細部に、的確な指摘をした編集者に、信頼を寄せるようになったのは当然のことだった。

作家は編集者の指摘で、小説が読める編集者かどうかわかる。編集者も神経を鋭敏にして作家に立ち向かう。道場で竹刀を合わせるような真剣勝負だ。

『戦艦武蔵』のときの経験があるからかもしれない。担当の編集者からは、作家が持つ力のすべてをしぼり出そうとする、殺気のようなものを感じた。それに対して吉村は、必ずうなずかせずにはおかないものを書きたいという、敵愾心《てきがいしん》のようなものを抱いた。

作品が世に出て、恥をかくのはこっちですものね、というのは作家の本音だろう。作家も編集者に対して貪欲になる。

文章についてでも、とにかく何でも言ってほしいと言って原稿を渡すのが常だったが、中にはまったく見当はずれの指摘をする編集者もいた。そういう編集者に、次の原稿を頼まれると慇懃に断った。断られても、自分への香典として書いてほしいと粘った編集者もいたが、「だめです。私の流儀です」と言って吉村はとり合わなかった。

誰々に何賞をとらせた、何十万部の本を売り上げた、というようなことを勲章にする編集者は周囲にいなかった。文章や文学へのこだわりを口にする編集者ばかりだった。吉村のまわりの編集者を見渡して、大村彦次郎が「いい編集者に囲まれていますね」と言ったことがあったが、確かにその通りだった。

つき合う編集者とそうでない編集者を見極めた。編集者に対しても、けじめがあった。一緒に仕事をする編集者を見誤らなかったことも大きいだろう。

義理を大切にしたのは、出版社や編集者に対しても同じだった。

筑摩書房が経営破綻したときだった。吉村は筑摩書房が主催する太宰治賞の最初の受賞者で、会社に対して恩義を感じていた。再生した会社に、何かできることはないかと考え、長編小説の連載を申し出た。原稿料も払えないのではないかという噂もあり、かかわるのをためらう作家もいたようだ。もちろん会社は、吉村の申し出を喜んだ。

そうして書かれたのが、疫病を扱った『破船』だった。コロナ禍で再評価されたこの小説は、令和四（二〇二二）年の本屋大賞の『発掘部門』で「超発掘本！」を受賞した。吉村の作品の中でもっとも多くの言語に翻訳され、海外でも広く読まれている。

東日本大震災の際にベストセラーとなった『三陸海岸大津波』もそうだが、社会を襲う災いなどを機に、再び注目が集まるのも吉村文学の特徴だろう。時代を超えた真実や現代にも通じる教訓が描かれ、何より時を経ても失われない生命力が作品にあるからではないか。

思いがけない提案を転機にする

二十四歳で小説を書き始めて半世紀余り、常に転機を見逃さず、結果を出してきたことも注目に値するのではないか。

同人雑誌時代は純文学の小説を発表していた。しかし芥川賞はついに受賞には至らず、すでに忘れられた芥川賞候補作家となっていた。このまま忘れ去られたくないという焦燥から、公募の太宰治賞に応募という賭けに出る。

吉村には、小説は自分から読んでほしいと言うものではないという戒めがあった。だからそれまで一度も文芸誌の編集者に原稿を持ち込んだことはなかった。ひたすら書き続け、一作見せてほしいという連絡を待ち続けた。吉村の場合、そう言われて手渡した作品が掲載される確率は四割で、恵まれているほうだったらしい。

小説は相手の求めに応じて提出するものであり、自ら読んでほしいと言うのは文学の本質に反する、という信念を破っての応募だった。しかもペンネームでの応募だ。自分を縛っていた節《せつ》を曲げてでも、このまま消えたくないという痛切な叫びにも似た本意が勝ちとった受賞だった。

それと前後するように、新潮社の「新潮」編集長だった斎藤十一から、戦艦武蔵を小説にという思いも寄らない打診があった。太宰治賞と時期が重なったのは、たまたまの偶然だったのだろうか。「週刊新潮」の小説仕立ての連載のときは断ったが、このときは二日考えて受けている。それが代表作となり、戦史小説を書くきっかけになった。

それまで「星への旅」のような純文学の小説を書いていたが、自分でも作品世界が狭い袋小路に入り込んでしまうような危惧を抱いていた。『戦艦武蔵』が転機となり、その後も、『高熱隧道』など事実を掘り起こして書く路線を歩むことになる。そうして独自の小説世界を確立していった。戦史小説のあと、歴史小説の分野に臆することなく入っていけたのは、斎藤のおかげだと記している。

もし吉村が芥川賞を受賞していたら、その後どうなっていただろう。死後も読み継がれるような作品が誕生していただろうか。吉村は、受賞していたらだめになっていた、受賞しなかったから『戦艦武蔵』が書けたと語っている。小説を書く原点となった結核もそうだが、芥川賞を逃したことも、吉村にとっては無駄ではなかった。マイナスの札をすべてプラスに変え、しぶとく粘って結実させていった。

斎藤以外にも、吉村を転機に導いた編集者がいる。三十九歳でデビューした二年後、心臓移植手術の取材のために初めて海外に赴き、『神々の沈黙』を刊行した。それがきっかけとなって、医学に関係した歴史小説を書くようになる。第一作が『冬の鷹』だった。

それを書く下地があった。「改造文芸」や「早稲田文学」の編集長をつとめ、草土社を立ち上げた岩本常雄から思いがけない依頼を受けた。江戸から明治にかけて、医学史上意義のある業績を残した医家たちのことを連載してほしいというものだった。

吉村にとって、まったく未知の世界だった。不安を感じたが、「日本医家伝」の連載が始まった。

私には、苦しみにみちた連載だったが、その後、それは思わぬ開花をみた。『日本医家伝』に書いた医家を主人公に、さらに調査をかさね、長篇小説として発表するようになったのである。『冬の鷹』『北天の星』『ふぉん・しいほるとの娘』『白い航跡』。
このことからしても、岩本さんは、私の将来の仕事になると見抜き、『日本医家伝』を書かせたとしか思えない。
岩本さんは、類い稀な名編集者であった。（「『日本医家伝』と岩本さん」『私の好きな悪い癖』）
斎藤からの打診も、岩本からの依頼も、吉村にとっては思いがけないものだった。転機というのは、自分で作ろうとして作れるものではない。他者から思いがけない形で与えられる場合がある。それを飛躍に結びつけられるかどうかは当人次第だ。吉村は、その鉱脈を逃さず、見事に転換点にして新たな作品を発表していった。

長編の歴史小説のあとには現代の短編を書く

吉村の作品は、日本各地を舞台にしている。しかし、土地の言葉で書かれたものは一作もない。戦史小説にしろ、歴史小説にしろ、方言をつかわず標準語を用いている。

『戦艦武蔵』という小説を書いた時、艦が建造された地である長崎での方言を、なぜ採り入れなかったのか、と言われたことがある。

そんな恐しいことは、私にはできない。方言は、その地の土壌にはえる茸《きのこ》のようなもので、その土の上で生れ育った人しか使えない。一介の旅人である私が、どのように努力しても、駆使できるような代物ではない。

（「小説の中の会話」『私の引出し』）

方言には底知れない奥深いものが潜んでいて、たとえ徹底的に調べて書いたとしても、その土地の人が読めば実態とはかけ離れていることが明白になる。まったくのお手上げ状態で、ためらうことなく標準語をつかっていた。恐ろしいことには手を出さない慎重さが功を奏したのだろうか。もし吉村の作品が方言で書かれていたら、今のように幅広い読者に迎えられていただろうか。時代を経ても古びないというのも、新たな読者を獲得している理由かもしれない。

五十代の頃だろうか。ある時期、小説を書くのを中断したことがあった。

それまで毎日原稿用紙に向かっていたが、一つの節目として、読書だけに時間を費やそうとした。四ヶ月ほどのことで、その期間が過ぎて、一ヶ月先に締切りのある短編小説にとりかかった。ところが、万年筆が動かなかった。書くべきことは頭にあるが、それが文章にならない。焦り苦しみながら、なんとか書き上げたが、筆が動かなかった原因は四ヶ月の空白期間にあるのではないかと思った。

それ以来、毎日万年筆を手にするようになった。日記を書く習慣ができたのも、その頃だ。そして、長編の歴史小説を書いたあとは、現代を背景にした短編を書くのを習いにした。竹は節があるから強靭なのであり、短編小説を書くのは竹にとっての節に似た意味があると、短編集『遠い幻影』のあとがきに書いている。

そうして長編と短編、歴史小説と現代小説と、仕事のバランスやペースを確立していった。七十代になると、締切りを撤廃した。締切りに追われることなく小説を書き、書き上がったら編集者に渡す。よければ発表してもらい、悪ければ没にしてもらう、というルールを作った。

生活は一変し、毎日が楽しくなった。創作量は変らず、書き上げた小説を編集者に渡す。ところが、それは悠々どころか、果して渡した小説が発表に値いするものかどうか、無名の作家であった頃の気持と同じように甚だ落着かない。
幸いに編集者にはすべてを受け入れてもらっているが、このハラハラ、ドキドキはきわめて新鮮で、自分をとり巻く世界が明るい光にみちているような気さえする。

（「悠々自適の暮らしに」『縁起のいい客』）

ハラハラ、ドキドキという弾んだ言葉が、実に新鮮に響く。古い流儀に固執するだけの作家ではない。新しい試みに挑んで、そのたびに流儀を書き替えていったのだ。

第三章　生活の中に文学を持ち込まない——家庭の作法

私は、結婚後、初めの頃は亭主関白を気取っていて、夫婦喧嘩をした折に、「出てゆけ」などと、叫んでいた。

ところが、十五、六年前、諍いをした時、私は、

「出てゆく」

と、言ってしまった。


（「結婚適齢期のこと」『街のはなし』）

夫婦でメディア出演や講演は引き受けない

吉村昭は稀な作家だと前章で述べた。その夫婦はさらに稀な存在だと言える。

作家同士の夫婦は、少数だが他にもいる。しかし、世に出る前は質屋に通う貧乏暮らしを十数年続け、大道商人のごとく、東北から北海道へ厚手のセーターを抱えて、夫婦で売り歩いたような例はない。吉村が始めた商売で、取引先のメリヤス工場が不渡りを出し、代価として届いたセーターが厚手で、寒いところでないと売れなかったためだ。

行商と言うな、旅商いと言えと、夫は妻に言ったが、どちらでも同じだと妻は思った。

北海道は根室まで流れて行き、大晦日に帰京した二人は、上野駅の地下食堂の汚れたテーブルで年越しそばを食べた。それが二人の新婚旅行だった。

それから歳月を経て、作家として認められ、夫婦で芸術院会員になるという半生は波乱に満ちている。夫婦として、作家として、成功した理由を探ってみたくなる。

小説と同様に、夫婦の間にはいくつかの約束事があった。夫婦としてのものもあるが、重要なのは同業ゆえの作家夫婦としての取り決めだ。いちばんにあげられるのが、互いの作品は読まないというルールだ。インタビューや対談などで、夫婦円満の秘訣をきかれるたびに、そう答えていた。

妻の作品を読まなくなったのは、五年ほど前からであった。それまでは、同じ同人雑誌に作品を発表し、合評会もあったので、自然に互いの小説を読み批評もし合っていた。発表前に妻が作品を読んでくれ、と言って読んだこともあるが、五年前から私に作品を見せることをしなくなった。私の批評が余りにも辛辣《しんらつ》で、書く意欲が失われるからだという。夫である私には遠慮というものがなく、批判が感情的で得ることは全くない、というのが妻の言い分だった。

（「危機」『私の文学漂流』）

小説を書き始めた当初は、互いの作品評を手紙でも熱心にやりとりしていたことが、津村の『果てなき便り』に書かれている。読まなくなったのは結婚後だった。夫婦が同じ家に暮らして、小説を書く生活を成り立たせるためには、互いの作品を読まないことも一つの方法だった。津村が書く小説は私小説が多いので、夫が読むと書きにくいだろうと吉村は言ったが、それは方便だと妻は言う。三十九歳でデビューしたのち、精力的に書き始めた吉村は、小説の史料以外の活字を読む余裕はなくなった。自分の作品だけに全力集中していったように妻には映った。

読まないというルールだが、これも例外がある。吉村は、小説の点では互いに他人で、夫婦で仕事について話し合うこともなく、妻の芥川賞受賞作も読んでいないと語っている。

一方の津村は、吉村の代表作と言われるものは読んでいる。最後の新聞連載小説となった『彰義隊』は、たった一日で終わった彰義隊をどう小説に書くのか心配で、毎日新聞を読んでいた。夫の小説の中で、思い出深い三作を選ぶとしたら、「さよと僕たち」『戦艦武蔵』『冷い夏、熱い夏』をあげている。『ポーツマスの旗』や『冬の鷹』も好きな長編で、短編では「梅の蕾」がもっとも好きだという。

夫婦で作家は珍しいこともあって、メディアからは夫婦で一緒にという出演依頼が数多くあったが、辞退を続けた。

さて、私たちには決して破るまいとしている掟《おきて》がある。掟とは、私と家内がそろって同じ雑誌の同じ号に小説や随筆を書いたり、テレビなどに一緒に出たりしないことなのである。

その理由を一言にして言えば、照れ臭いからである。（「夫婦同業のこと」『実を申すと』）

テレビは、津村が芥川賞を受賞したときに一度出たきりで、テレビに関して掟は絶対に破らないと述べている。

夫婦で講演をしないというルールもあったが、これも例外がある。

夫婦で芥川賞と直木賞の候補にあがっていた頃、津村が週刊誌のグラビアで佐渡金山を見て、小説に書きたいと思った。そんなに書きたければ行けばいいと吉村が言い、貯金をおろし、幼い長男を連れて夫婦で佐渡に渡った。そして津村は長編小説『海鳴』を、吉村も「石の微笑」と題した作品を発表した。

その後、二人は芥川賞、太宰治賞を受賞し、取材で世話になった佐渡の郷土史家から講演を頼まれた。この郷土史家は、子連れで作家志望だという若い夫婦の帰りの旅費を心配してくれた人だった。恩義を忘れない吉村が、依頼に応じないわけはない。島で歓迎を受けたのか、四ヶ所の会場で夫婦で講演し、見送られて港から新潟行の船に乗った。今度の旅は、何かに似ていますねと、妻が言った。

私は、すぐにそれがなんであるか気づいた。町から町へ私たちは車でまわり、演壇に立った。会場では聴衆が私たちの話に少し笑ってくれたりして、講演が終ると主催者が謝礼の袋を渡してくれる。家内は着換えの和服を、私はワイシャツ、ネクタイをそれぞれ入れたスーツケースをさげて移動した。それは、ドサ廻りの夫婦漫才師そっくりだ。（同）

それ以降の夫婦講演は断固断ることに決めたと吉村は書いているが、津村のエッセイによれば、その郷土史家が博物館の館長になったときも、夫婦で講演を引き受けている。あたたかい交流がその後も続いたことによる特例だろう。佐渡に津村の文学碑が建ったときは、吉村の提案で、親しい編集者を佐渡に招待した。三陸海岸の田野畑村に、吉村の文学碑が建ったときも同様だった。それが地元の関係者に対する礼儀だと吉村は考えていた。

夫婦で同じ飛行機に乗らないという掟もあった。

結婚してから夫婦で出かけるのは親戚や友人知人の結婚式や葬式ぐらいで、吉村は小説のための取材旅行しかしなかった。夫婦で旅行するには、夫の取材先に妻がついていくしかない。夫が百七回行った長崎には五十回ほど、宇和島にも何度か同行している。

吉村は飛行機が大の苦手だった。日程の関係で沖縄からの飛行機にどうしても乗らなければいけなくなったときは、飛行機のタラップが死刑台の階段に思えたほどだという。そこまで警戒していただけに、夫婦で同じ飛行機に乗ってもし落ちたら、あとのことが大変だと案じていた。子供たちが幼いときだけでなく、成人して五十歳を過ぎても、その信念は変わらなかった。

その飛行機だが、日航ジャンボ機の墜落事故以来、吉村は全日空で、妻は日航と決まっていた。津村は「私より自分の命が大切だと思っているのだろう」と書いている。

小説さえ書いていればいいとプロポーズ

二人は学習院大学の文芸部で出会い、結婚に至った。

そのあたりのことは、津村は自伝的小説『瑠璃色の石』に書き、吉村はエッセイで、「冗談を口にする度に敏感に反応して笑う彼女に、好感をいだいていた」と記している。理想とする世話女房タイプに出会い、積極的に接近したようだ。

吉村のこの眼力に感服する。

努力家で勤勉というのは、津村の郷里の福井人の気質なのだろうか。人間は土壌に生える茸という記述は、夫婦どちらのエッセイにもあるが、二人の場合はそれがあてはまった。あくなき向上心があるのだが、吉村と同じで、人と競うのではなく自分の内に闘志が向いた。それが「大人しくしていても輝いていた」という、「文学者」の文学同志だった瀬戸内寂聴の二人の印象につながっていくのだろうか。

結婚までの津村の経歴を辿ると、華奢な外見からは想像できない決断と行動力に驚く。

戦争中の女学校時代には、文部省科学研究補助技術員募集という広告を見て、東京工業専門学校（今の千葉大学工学部）の写真科を受験する。終戦後は、ドレスメーカー女学院に通った。その後、向学心から高校卒業認定試験を受けて学習院大学の短期大学部に入学する。

これだ、と思ったことに向かって、ためらわずに一歩を踏み出す。おそらくどの道に進んでも、頭角をあらわして成功したのではないか。学習院に入学すると、文芸部を立ち上げ、文芸雑誌「はまゆふ」を発行した。

その上、生活力もあった。津村は九歳で母親を、十六歳で父親を亡くし、祖母と姉と妹の女所帯だった。土地を手放すときには足元を見られ、安値で買い叩かれるような経験もしている。ドレスメーカー女学院に通って、服飾のプロになりたい、技術を身につけて稼ぎたいと言うと、祖母は顔をしかめた。家のことは何もできないくせに、お金のことばかり言うと叱られた。卒業して疎開先だった埼玉県入間川で洋裁店を開くと、ジョンソン基地に住んでいた将校夫人も来るようになって店は大繁盛だった。男の人より生活力があると自信を持った。学習院時代に少女小説を書いていたときは、御三家と言われるほど書きまくっている。

子供の頃の津村の写真を見ると、負けん気が強そうな芯を秘めた顔をしている。

吉村は求婚したが、ストレートには言えなかった。負目があったからだ。「小説を書く女など男だったら辛抱できないだろうから、きみが離婚するまで待っている」という言い方をした。津村はそれをプロポーズだと受けとらなかったが、吉村と仲のよかった弟が、「骨がなくて大学中退で、まともな会社に就職なんか出来ない兄貴の気持の屈折を、小説を書く人なんだから汲み取ってやって下さい」と言って頭を下げた。津村は、弟にプロポーズされているようだったと述べている。

吉村の求婚に、津村は当初快い返事をしなかった。結婚しないで小説を書いていくと決めていたからだ。それに対して、君は小説さえ書いていればいいと言って、吉村は諦めずに粘った。

この結婚は、両親がいたら反対されただろうと津村は記している。そのために吉村の親代わりの三番目の兄は、津村の姉夫婦に挨拶に行くときに、「お前のような、生活力もなく体に欠陥のある男のもとへ嫁にくる娘さんがいるとは思えない。本当に先方はいいと言ってくれているのか。恥をかくのはいやだぜ」と言って案じた。

吉村にとって、この求婚こそが一世一代の大勝負だったのではないか。小説も結婚も、思い込んだらひと筋の道しかなかった。そうして二人の結婚生活が始まった。

このままでは終らない、と夫婦で書き続けて

或る日の夕方、アパートのドアをあけた私は、一瞬立ちすくんだ。

こちらに背をむけた妻が、ビロードのおぶい紐《ひも》で子供を背負い、茶簞笥《ちゃだんす》の上に原稿用紙をのせて万年筆を動かしている。子供が泣いたので仕方なく背負っているのだろう。妻は、時折りあやすように体をゆすっていた。

（「同人雑誌と質屋」『私の文学漂流』）

「石川先生が仰言《おつしや》って下さるのなら、出せばいいじゃないですか。八万円は払えますから、残りは印刷屋さんの御好意に甘えてボーナス払いにでもしてもらったら……」

妻は立つと、茶簞笥の曳出《ひきだ》しから郵便貯金の通帳を持ってきて差出した。

通帳には、九万円足らずの数字が記されていた。

私は、空恐しさを感じた。

転居で金は全く尽きたと思っていたのに、いつの間にかこのような貯金をしている妻が得体の知れぬ人間に思え、私は、他人でもみるように妻を見つめた。山内一豊の妻の物語も思い出し、可笑《おか》しくもあった。

（「贋金づくり」『私の文学漂流』）

茶簞笥に向かって原稿を書いている妻を見て、この女は何があっても小説を書き続けると覚悟したらしい。

吉村の最初の作品集『青い骨』は、今までに書いた短編小説を一冊にまとめて自費出版したらとすすめられたものだった。師の丹羽文雄が「此《こ》の人は伸びる才能を持つてゐると思つた」と序文を寄せている。しかし出版後の反響はなかった。その頃のことを、吉村は絶海の孤島から手紙をビンに入れて流すようなものと言ったが、津村は、浜辺で砂の上に文字を書き、波が消し去ってしまうような気持ちだったという。

夫婦で小説を書くのは地獄だなと、痛ましそうに言われたのもその頃だった。夫婦で交互に賞の候補になり、二度あることは三度ある、七転び八起きなどと、メディアに書き立てられたが、二人は死にもの狂いだった。「おれは、このままでは終らない」「私もこのままでは終らない」と、夫婦がいちばん高揚していた時期だ。吉村は、「後世に残る日本現代文学を象徴するような作品を書き続けたいのだ」と志も目標意識も高かった。

二人は同志であり、戦友であり、ライバルだった。葛藤もあるが、受ける刺戟も大きかっただろう。結婚から十一年後の昭和三十九（一九六四）年、行商の旅を題材にした「さい果て」で、津村が新潮同人雑誌賞を受賞し、芥川賞候補にもなった。妻が夫に先駆けた受賞だった。妻の受賞についてのエッセイを求められて、吉村は次のように書いている。

私にも、小説を書く妻を持つ夫というもののやりきれなさは、充分すぎるほどよくわかる。常識的に考えてみても、作家同士の同じ家での同居など考えられない。孤独きわまりない作業である文学を志す他人同士が、同じ囲いの中で生活するなど到底できようはずがないのだ。だが、文学は、根本的には意識の所産であって生活ではないという私の信念が、辛うじて妻との同居を支えている。そして、妻も、意識してかどうかはわからぬが、文学を生活の中に持ち込んで来てはいない。

（「危機」『私の文学漂流』）

妻の代理で夫が対談のピンチヒッターに

新潮同人雑誌賞の翌年、「玩具」で芥川賞を受賞した津村は、夫に仕事をやめてくださいと言った。吉村は結婚前に三番目の兄が経営する会社に就職したが、すぐにやめてしまった。しかし家族の生活のために、当時は次兄が経営する会社に勤めていた。

受賞前後のことは複数の記述があり、妻が受賞すると、夫は「お前のヒモになる」と言って会社をやめてしまったと書かれたものもある。おそらく、どちらともなく出た話なのだろうが、いずれにしても生活を支えるのは妻の津村になったということだ。

その支えなくして、「星への旅」や『戦艦武蔵』は生まれていただろうか。会社勤めをしながら書けたとは思えない。作家・吉村昭を誕生させたのは、妻の津村節子だというのは言い過ぎだろうか。

吉村が『戦艦武蔵』の取材に出かけるときは、退職金が尽きた夫の財布に、妻は相応の金を入れていた。このときの複雑な胸の内は、津村のエッセイに記されている。少女小説で家計を支えていた妻は、自分の小説が書けないことに苛立っていた。そしてそれまで言えなかった「あなたも収入の道を考えてください」というひと言を口にした。

そう言われて、吉村は再び勤めに出る決意をしたのだった。生活のことを考えずに自分の小説を書けるようになった津村は、先に芥川賞を受賞した。しかしそれは夫を犠牲にして手に入れた賞の重みだった。夫に取材費を援助することは贖罪でもあったのだ。

太宰治賞を受賞し、『戦艦武蔵』がベストセラーになって、吉村は独自路線で精力的に作品を発表していく。『戦艦武蔵』が刊行になる前年の年収が、「温泉」という雑誌に寄稿した稿料二千百六十円だったので、税務署の職員に「これは本当ですか」と驚かれたようだ。

芥川賞を受賞した津村も多忙だったが、内助の功ともいうような、夫の秘書役という仕事が生じた。取材相手のアポイントも、吉村は自分の仕事として行っていたが、留守中に取材相手から自宅に電話が入ることがあった。その応対をするのは家にいる妻だった。そのために吉村の仕事内容をある程度把握しておく必要があった。

家のことを任され、二人の子供の子育てもあり、津村は夫のように自分の仕事に専念するわけにはいかなかった。二日に一度はお手伝い二人と献立会議を開き、夫の健康を気づかう料理を食卓に並べ、締切りで徹夜をしても子供の弁当は自分で作った。

吉村が五十代の終わりに、毎日芸術賞、読売文学賞、芸術選奨文部大臣賞と受賞が続いたときは、妻と親しい作家の芝木好子が、一つぐらい津村さんに分けてくださったっていいのにねえ、と言ったらしい。津村が女流文学賞を受賞するのは六十二歳のときで、芥川賞の受賞から四半世紀が経っていた。

家では小説の話は一切しないと吉村は語っていたが、実際はそうでもなかったようだ。食事のときに話題になり、夫婦の会話が創作のヒントになることがあった。

吉村が初期の短編「少女架刑」を書こうと思案していたとき、死体を主人公にしたら、と妻が言った。思いつきを口にしただけなのかもしれないが、吉村は、それだと思った。『長英逃亡』を書いていたときは、吉村は目明し（追手）に追われる夢を見た。うなされると、妻が起こしてくれた。これはお互いさまで、妻も小説が難渋すると嫌な夢を見た。うなされていると、起こしてくれるのは夫だった。

そうしてうまくいったのは、生活に文学を持ち込まないという大原則があったからだろう。普段は互いの仕事に距離を保ち、素っ気ないように暮らしていても、いざというときは最人限に助け合った。

吉村が高熱を出し、見かねた妻が講演の代理を引き受けたが、先方に断られた話は前述した。逆に津村の代理を吉村が引き受けたことがある。

ある夜更けに、アルコールと誘眠剤を飲んだ妻が、靴を抱えて書斎で眠っていた。仕事が立て込んで疲れていた時期だったが、その姿に夫は仰天した。翌日、津村は札幌で対談の予定が入っていた。吉村は前夜のうちに先方に連絡し、「おまえの代わりに札幌に行く」と言って翌朝家を出て行った。壁には「絶対安静、電話も出ぬこと」などの貼り紙がしてあった。主催者が学習院大学の後輩だからできたことだった。それにしても抜かりのない迅速な行動に驚く。しかも飛行機の中で対談の台本を書き、相手の台詞や笑いのタイミングまで入れていた。会場では大いに受けて、私が行かないほうがよかったのかと、妻は憮然としたようだ。

津村が網膜中心静脈閉塞症で右眼の視力を失い、二十日間入院したときも、夫婦同業だからできたことがあった。真夏の暑い盛りだったが、吉村は大阪で講演の日以外は毎日二時に見舞いに行った。入院中のことは全部処理するから心配するなと言い、インタビュー記事のゲラの直しも済ませて返送した。新聞連載のエッセイは口述筆記にしたが、これは難航したようだ。入院中に著書に署名がほしいという依頼があった。夫は新聞紙で、妻の署名を真似て練習し、妻の字そっくりのサインをして、先方に郵送した。

連れ添ううちに、字まで似てきたと言われた二人だった。

その字だが、吉村は著書にサインはするが、色紙は辞退するのが常だった。理由について「字が下手だから」と述べているが、それは謙遜に過ぎないのが妻のエッセイでわかる。

吉村は、小学生のときに書道展でしばしば優秀賞をもらっていた。だからなのか、家では何かにつけて墨で書いた半紙を壁に貼った。妻の代わりに札幌に対談に行ったときもそうだった。長女の子供が未熟児で生まれ、ようやく二〇〇〇グラムに達したときは、子供の名前とともに「二〇〇〇グラム達成」と半紙に書いて家の食堂に貼った。

実際、吉村の揮毫《きごう》を見ると、のびやかな品格のある字をしている。

つけ加えておくと、講演を辞退する理由を「話が下手だから」としていたが、関係者によればうまいと評判のようだった。

男が家庭で頼もしく見えるのは五十歳が限度

吉村にとって家庭は生活の場だった。竹に節があるように、歳月には行事があるという持論通り、吉村家では、昔からのしきたりを大切にし、季節の行事を欠かすことはなかった。行事の一つに、「すいとん」がある。吉村の生家では、九月一日の夕食はすいとんと決まっていた。関東大震災を体験した両親は、その日を忘れないようにと、一家そろって被災者の食糧となったすいとんを食べた。吉村が家庭を持ってからは、終戦記念日と関東大震災の日の年に二度、すいとんを食べるようになった。

正月の過ごし方については、吉村に断固とした信念があった。暮れから一家で旅行に出かけたほうが合理的という考えに対しては、次のように述べる。

しかし、わが家にあっては、そのような理屈は通らない。妻や子供はひそかに不満をいだいているらしいが、正月には、家で新年をことほぐことにしている。大晦日には、百八つの鐘をききながら、凍《い》てついた夜道を歩き、近くの神社に初詣をする。一月一日は、午後になると兄の家へ新年の挨拶に行き、二日以後は年始にきて下さる数組の方と酒を飲み、一月五日には、先輩のお宅へ御挨拶に行く。それが私の正月なのである。

（「スイトン家族」『月夜の記憶』）

正月に関しては、妻のほうが譲歩していた。同じ家の中に、主義主張の違う人間がいては、神経がまいってしまい、書けなくなるという理由からだった。

吉村の中には、夫は仕事をし、妻は家庭を守るもの、という家庭像が結婚後も根強くあったように思う。これは吉村に限ったことではなく、そういう時代だったのだ。ちなみに、昭和三十五（一九六〇）年に発売になった三省堂国語辞典の初版では、「男」の解説は「人のうちで、力が強く、主として外で働く人」、「女」は「人のうちで、やさしくて、子供を生みそだてる人」となっている。

昭和二十八年に結婚した吉村夫妻は、まさにこの価値観の中で結婚生活を送ったのだ。結婚前に、妻に小説を書くのを認めたのも、家庭に入って子供が生まれたら、小説どころではなくなるだろうと思ったからだ。結婚後も小説を書き続けるというのは大誤算で、予想は見事にはずれたことになる。

しかし小説を書かせるのは約束事なので容認するしかない。お手伝いを二人雇ったのもそのためだった。理想とする家庭像は依然として吉村の中にあるが、妻は小説を書き続け、専業主婦にはなれない。理想と現実のはざまで、吉村はしばしば葛藤することになる。

家では縦のものも横にしない夫だった。すこぶるつきの保守的な男だと、自身で述べている。妻の外出も喜ばず、お茶の稽古に行くのも、いい顔をしなかった。自分の母親が買い物に出ても、父親が帰るまでに家に戻ろうとした姿を、気の毒でならなかったと書いているにもかかわらずである。編集者を家に招いた新年会で、「節子、節子」と呼び捨てにするのを、見かねた古い編集者にたしなめられたこともあった。

それが歳月とともに、家庭内で夫婦の力関係が変わっていくのは興味深い。

私は、結婚後、初めの頃は亭主関白を気取っていて、夫婦喧嘩をした折に、「出てゆけ」などと、叫んでいた。

ところが、十五、六年前、諍《いさか》いをした時、私は、

「出てゆく」

と、言ってしまった。

愕然とした。すでに自分の家庭が子を擁した家内の支配する堅い城であることに気づき、私は単なるお添え物にすぎないことをはっきりと知ったのだ。

それを境に、私は家内の顔色をうかがいながら日々を過すことになった。

（「結婚適齢期のこと」『街のはなし』）

このエッセイを書いたのは六十歳を過ぎた頃で、「出てゆく」と言ったのは五十歳手前になる。男が家庭で頼もしく見えるのは五十歳が限度で、それは食事を与える側と与えられる側に関係があるというのが持論だった。吉村家では、妻が食事を作り、夫がそれを食べた。食事を与える側が優位に立つようになるのは当然だという。

断固として譲らなかった正月の過ごし方も、妻が一大革命を起こし、二日以降を姉や妹の家族とホテルで過ごすようになった。すいとんについても、終戦記念日に食べるのはわかるが、関東大震災はわからないと長男に言われて、「行事は行事である。理屈はいらない。ただ守れば、それでよいのである」と主張していたのが、息子の理屈は正しいと認め、九月一日は中止するようになった。

そうして家庭が妻子によって、次第に仕切られていくのを痛感するようになる。

そもそも住まいとなる家自体がそうだった。結婚後、アパートの家賃が払えず、池袋から西武線の練馬、さらに小田急線の狛江と、次第に家賃が安い郊外に移り、転々流転の生活だった。五千円の家賃が払えずに、家賃三千円の狛江に移ったのだ。狛江では、炊事場も手洗いも共同の六畳一間のアパートで、妻は畑の中を流れる小川で洗濯物をすすいでいた。夕食時になると共同炊事場で、醬油が足りない、コショウがないと言って、主婦同士が貸し借りをしていた。

そこから京王線の幡ヶ谷に転居し、初めて家を建てたのは西武線の東伏見だった。そのときも、そして井の頭公園の隣に引越すときも、毎日不動産屋の車に乗って転居先の土地を探したのは妻だった。川で洗濯したアパート暮らしから、敷地百五十坪の終の棲家まで、家の履歴書としても大出世であろう。引越しのたびに、三界に家なし、居候亭主という諦観が夫の中に芽生えていったのではないか。

男と女は異種の動物だと開眼する

二人はしばしば夫婦ゲンカをしてきた。

文壇でおしどり夫婦として知られていただけに、意外な印象を受ける。どの占いを見ても、夫婦の相性は悪かった。夫は気が短く、妻はせっかち。似たような性格なので衝突が起きる。妻のエッセイには、夫が癇癪を起こす場面はあるが、吉村が書いているような夫婦ゲンカの記述はない。しかし、長男によれば、しばしば激しいケンカがあったらしい。子供たちは、いつケンカが始まるか怯えていたという。忍従だけの妻ではなかったということだ。そのケンカも次第に減少傾向になった。夫がある悟りをひらいたからだった。

妻とは、何百回となく喧嘩をしてきたが、近頃その回数は急激に減少している。喧嘩しても、いつかは仲直りするのだから、ここらでいい加減にやめようということになる。妻には妻で言い分があるのだろうが、私の側から言わせれば妻と意見の一致することはないことをさとったので、喧嘩することがバカらしくなったのである。

私には、女性である妻の口にすることがわからない。彼女にしても、私の口にすることは理解できぬらしい。双方が正しいと思うことを口にし合っていながら、それが理解できぬということは、夫と妻——男と女が同種属の動物でないことをしめしている。

十九年間彼女とつき合ってきた結論は、男と女が全く異なった動物であるということであった。

夫である私にとって、それは一つの開眼と言っていい。異種の動物なら意見を交換し調整する必要もない。私は、ただ口をつぐむばかりである。

（「妻」『月夜の記憶』）

男と女は、犬と猫ぐらいに違う。霊長目オトコ科、霊長目オンナ科と分けられるべきだとも述べている。資質としても男と女は違い、女性に数学者や哲学者、作曲家がいないと指摘しているが、これは今でもそうだろうか。

男女は異種の動物なので、会話が通じず、わかり合えなくて当然だ。そんな相手とケンカしても時間の無駄だという論法だろうか。そもそも、どこの夫婦でも、言葉のやりとりで夫が妻にかなうわけがないと述べている。女というより妻は、正しいことしか口にしない人種だからだ。

一方の妻は、そんな夫をあくまで立てながら、夫が思い描いていたものとは異なる家庭を着々と作り上げていった。その妻に、夫はいつの間にか従属させられているのに気づいた。そのほうが家庭はうまくいくと悟り、夫は口をつぐむようになったのかもしれない。

小説を書く妻への不満を述べながら、一方で吉村は臆面もなく妻に対する惚気《のろけ》を綴っている。インタビューできかれてもいないのに、「女房がいちばん好き」と語ることもあった。意表をつくのは若い頃からだったのだろうか。学習院時代に、津村ら短大の国文科の学生が京都に修学旅行に行ったときだった。津村が乗った列車宛に、「ブジカヘリマツ」と電報を打ったこともあった。

ケンカをしても、家出をしても、妻に惚れ抜いていることが文章からも伝わってくる。惚れるところは一点あればいい。津村が吉村に対して唯一認めているのは、その文才だった。

夫が妻に愛情を持つのは、むろん、異性としての魅力を見出しているからである。そして、私も決して例外ではなく、彼女に異性としての魅力を見出している。それは「アバタもエクボ」式のほとんどベタ惚れの域に入るものらしい。

彼女は、実によく笑う。（略）微妙な勘どころで笑う奴はおっチョコチョイだ、おっチョコチョイな奴は、頭がいい……という私の妙な論法から考えると彼女はおっチョコチョイであり、頭がいいということになる。私が彼女にいだく魅力の一つであることはまちがいない。

私にとって彼女は、女房というより恋人に近い。結婚後十三年もたつのだが、彼女からはその年月が感じられない。彼女は、いつまでたっても娘時代の他愛ない幼さを持っている。

（「さか立ち女房」『蟹の縦ばい』）

髪型が似合えばほめ、そうでなければ黙っている

夫婦の関係で、注目に値するのが妻に対する夫の関心の高さだ。

どの夫婦でも、年月とともに新鮮さが失われていくのは否めないが、吉村は妻にいつまでも身ぎれいでいることを求めた。津村に白髪が一本でも生えると、嫌がって毛抜きを持ってきてすぐ抜いてしまった、というエピソードには驚いてしまう。

なりふり構わずというのを嫌ったようで、菊池寛賞を受賞した津村の『紅梅』でも、「着る物についてうるさく、常に身ぎれいにしていないと気に入らなかった。どんなに忙しくても、髪をふり乱したりは出来ない」という記述がある。病床の夫につき添うときも化粧をし、夫が気に入っている花柄のワンピースを身につけた。吉村が、地味な服装よりも、華やかなものを好んだというのは少々意外な感じがする。

吉村は、家庭でもほめ上手であった。うまければ「うまい」と言い、まずければ黙っているという食に関する流儀は、夫婦の間でも適用された。あらゆる人生作法の基本にあったのかもしれない。

家内が美容院に行って髪型を変えてくることがある。似合わないと思った折には、髪を見ないようにして口をつぐんでいるが、いいと感じた場合には、

「いいじゃない。そういう似合う髪型があったのか。憎いね」

などと言ったりする。

家内は、義妹より性格が単純だから一瞬、嬉しそうな表情をするが、やはり私が卯年生まれだということを意識するらしく口もとをゆがめて黙っている。

（「卯年生まれ」『私の好きな悪い癖』）

運勢暦で卯年生まれはお世辞を言うとなっていて、正直一途の人間なのに心外だと述べている。吉村自身は、着るものや身なりにこだわりはなかった。こだわったのは商売道具の原稿用紙と万年筆ぐらいだろうか。原稿用紙は、師の丹羽文雄が愛用した満寿屋のもので、万年筆は、清書用、下書き用、推敲用、手紙用、日記用と、目的に応じてつかい分けていた。

世の中がワープロ時代になっても万年筆をこよなく愛し、孫娘が中学に入学したときは、祝いの品に万年筆を贈ろうと考えた。今の若者は万年筆などつかわないという話をきくが、

自身が中学に入って、初めて万年筆を胸ポケットにさしたときのときめきが忘れられなかった。時代が変わろうとも、万年筆がすばらしいものであることに変わりはない。断固贈ろうと決め、孫娘のフルネームを刻んだものを手渡した。孫娘は目を輝かせて喜び、その万年筆を自分との思い出にするだろうと吉村は思った。

身なりにはこだわらなかったが、それでは済まない場面があった。

吉村のスケジュールが立て込んでいた時期のことだ。宮城県のある町に講演に行き、翌日はＮＨＫの教養番組のために飛行機で沖縄に飛んだ。二泊したのちに東京に戻った。その日は知人の息子の結婚披露宴に出席することになっていた。

あらかじめ妻に、礼服一式をホテルにもってきてほしいと頼んであった。控室で着替え、靴をはこうとして、それが茶色の靴であることに気づいた。

妻は黒い靴を持ってくるのを忘れたことに気づき、うかつだった、と言って詫びた。

私は、

「神様じゃない。そこまで物事、完璧にはゆかないよ」

と、慰めた。

宴がはじまり、来賓としてのスピーチを頼まれた私は、略装であることを詫び、その理由を話すと、出席者の間から笑いが起った。

宴が終ってからも、私の服装を笑いをふくんだ眼で見ている人が多かった。


（「背広と式服のこと」『履歴書代わりに』）


完璧のようで、愛嬌のようにうかつなところがあるのは夫婦共通のようだ。

ある日、吉村は親戚の結婚披露宴のために、新幹線で静岡に向かった。午前十時からの宴なので、朝早くに慌ただしく家を出た。新幹線の中でトイレに行き、思わず声をあげた。ズボンの下に青い縞模様がある。パジャマのズボンを脱がずに礼服のズボンをはいたのだった。

夫婦の日常の情景は微笑ましいエピソードが多い。

妻は、先祖は飛脚かと夫が言うほど足が速かった。二人で外出すると、夫を振り返らずにすたすたと前を歩いて行く。それだけならいいのだが、出先で転ぶようになった。そのたびに夫はタクシーで整形外科医院に連れていかなければならない。それを未然に防ごうと、二人で外出するときは妻の腕をとるようになった。

その姿を見た人からは「お仲がおよろしいですね」と冷やかされる。実際、その通りだった。吉祥寺の駅についたら電話して、家にいるほうが散歩がてら途中まで迎えに行く習慣ができた。仲がよくなくてはできることではない。

良妻賢母のような津村も、完全無比の人ではなかった。先輩作家の佐多稲子の葬儀に、夫婦で出かけたときだった。


私たちは、無言で斎場入口の方に歩いた。受付台もなく、森閑としている。入口で足をとめた。式場では、あきらかに葬儀社の社員らしい人たちが、祭壇の取りつけをしている。私は、式場に入った家内がそれらの人たちに近寄り、言葉を交しているのを遠くからながめていた。

もどってきた家内は、

「御葬儀は明日で、今、その準備をしているのだそうです。一日、まちがえたわ」

と、恥かしそうに言った。

私は、家内の言葉に従ってついてきたのだが、なぜ、まちがったのでしょう、と繰返す家内に、人間、神様じゃない、まちがえることもあるさ、今日は下見だよ、と慰めた。

（「青山斎場」『私の好きな悪い癖』）

人間は神様ではない、という寛容の精神は、夫婦の間でも健在だった。相手を責めない処世術は、夫婦に限らず人間関係の円満の秘訣だろう。そういう吉村も、埼玉で講演を依頼されたときに、日にちを間違えて前日に行ったことがあった。

井の頭公園に隣接した家に引越すときは、前の家の買い手が早く現れたために、新居が完成する前にそれまでの家を立ち退かなければならなくなった。家族を抱え、宿なしの身になったのだ。幸い友人が空き店舗を貸してくれ、ひと月の間、お手伝い二人を含めた一家六人がそこで雑魚寝《ざこね》をすることになった。

やはり、人間は神様ではないのだった。

夫婦に共通する果敢なダメもと精神

吉村夫妻が、夫婦としてうまくいった理由はどこにあるのだろうか。

まず育った家庭環境が似ていたことがあるだろう。吉村の生家は商家、津村の家も織物業で、季節感やしきたりを大切にする環境だった。

ともに両親を早くに亡くし、伴侶に父親像、母親像を求めてはいなかっただろうか。きょうだいの仲がよかったこともあげられるだろう。きょうだいが夫婦のよき理解者となって、二人を支えてきた。

吉村のほうは、十代で両親を亡くして弟と身を寄せるように暮らしてきた。初期の短編「さよと僕たち」にも登場する弟との逸話はいくつもある。結婚前に津村を食事に誘うときは弟も同席し、支払いも弟がしていた。津村が質入れした着物や帯を質屋から出しておいてくれたこともあった。夫婦ゲンカをして、吉村が家を出たときは、「こちらで保護していま す」と弟から電話が入った。子供がいなかった弟は、「姉さん、もう一人子供を産んで、俺にくれないか」と津村に言ったことがあったが、これは本心からではないか。

津村のほうも、「文学者」の合評会があるときなどは、子供を姉に預けて頼っていた。夫婦ゲンカをすると、津村の姉は津村側に、姉の夫は吉村側に味方し、集団的夫婦ゲンカに発展した。津村の三姉妹も結束がかたかった。それぞれに夫はいるが、夫は姉妹の付属物だと吉村は書いている。三姉妹は年に二、三回都内のホテルに泊まって、食事やショッピングを楽しんだ。なぜわざわざ泊まるのかと、その行動が理解できず、吉村は呆気にとられて傍観していた。

両親を早くに亡くして帰る実家がなく、夫婦で生きていくしかないという状況も二人の絆を強めたのではないか。作家として似ているのは、どちらも短編を書くのが好きなところだが、根幹で似ていると思うところがある。

津村の右眼の視力が失われたとき、眼底にステロイドを注入する療法があると知り、彼女は飛びついた。吉村は、そんな恐ろしいことをするなと大反対だった。しかし、津村はダメでもともとだと思い、ある医師が行っているその療法を受けた。その結果、日常生活に支障がないほどに回復した。その医師に出会って幸運だったこともある。

吉村も、兄に危険だと反対された結核の手術を、死んでもいいから受けたいと言い、奇跡的に生き残った。どちらも一か八かの賭けに怯むことなく挑み、しかも運がついてまわった。

そもそも二人の結婚自体が大博打だったのかもしれないが、「女の人生はカンと決断」という津村のカンに狂いはなかった。

大勝負に強い吉村だが、意外な一面があった。人一倍涙もろいところだ。

『冷い夏、熱い夏』は弟の病と死を描いたものだが、その弟が肺がんで亡くなったときだった。もう助からないとわかって、せめて葬儀を立派にしてやろうと、吉村は葬儀に精通している編集者に相談した。通夜と葬儀をすべてとり仕切って帰宅し、離れの書斎に入った。しばらくして、何事かと思うような大声がした。泣き声だと、妻は気づいた。抑えに抑えていた感情が一気に噴き出したのだ。母屋にいる家族だけでなく、近所の家にまできこえるような慟哭《どうこく》だった。

人前で嗚咽したのは、親代わりだった三番目の兄が胃がんで亡くなったときだった。柩を担ぎながらこみ上げてくるものがあり、吉村は涙を流しながら柩を霊柩車に運んだ。

そのとき以外は、人前で涙を見せたことはなかった。男は泣くものではない。娘の披露宴で声をあげて泣いた父親に対しては、男ではないと述べている。吉村が人前で涙を見せないのは、涙もろいことを悟られないように、自分を律しているからに過ぎない。幼い息子の小さな後ろ姿を見たときなど、人知れず涙ぐむような場面はたびたびあったようだ。

人前では涙を見せない姿と、感情を押し殺したような小説の文章は、どこかでつながっているような気がする。内に秘めた激情のように熱いものが文章を通して伝わってくるからこそ、読者は吉村文学に魅せられてしまうのではないか。

子供がうまく育つかどうかは母親次第

子供の育て方は、厳しくしつけなければいけないということで夫婦の間で一致していた。

私の場合、自分が両親からうけたしつけをそのまま子供に適用した。息子に体罰を加えもした。愛情があるから体罰を加えるなどというのはきれいごとで、私は、感情的になって腹を立て、怒鳴り、頬をたたいた。

少くとも十歳までは、子供は、犬を調教するように時にははたき、人間としてのしつけを身につけさせなければならない。中学校から高等学校へ行くようになって非行化しても、それを改めさせることは容易ではない。幼犬の頃からしつけなければ良い成犬にならぬように、子供も幼い時からしつけなければ、一人前の大人にはならない。その時期をのがしてしまえば、犬は駄犬になり、子供も手に負えぬ人間となる。

（「むだにお飾りはくぐらない」『私の引出し』）

こんな経験があった。東京に向かう離陸前の飛行機内で、幼い男の子が、「お母ちゃん、降りようよ」「この飛行機落っこちるよ」と泣きわめき始めた。吉村だけでなく、周囲の乗客は動揺し、落ち着きを失った。

飛行機は無事東京についたが、その泣き声を押さえられなかった親に腹立たしさを覚えた。「平手打ちを食わす勇気」というタイトルのエッセイに書いているのだが、幼児のうちに鍛えておかないと、自分の思い通りにはならない社会で、大人になってから子供が戸惑い、不幸になるというのだ。

自身の長男に対しては、中学卒業までは容赦なく体罰を与えていたが、高校入学と同時にそれをやめた。自分の同年齢の頃を思い出し、高校に入れば対等に話し合うことができると考えたからだ。たとえ息子でも、第三者に迷惑をかけないという信条があり、夫婦の墓所を決めるときには長男の意向を確認している。

子供がうまく育つかどうかは母親次第だと、常々述べていた。

子供がしっかりしているのは母親が立派だからだ、というのが私の持論である。育児の重要な要素は、良いしつけをすることにある。

母親は、自然な形で子供にしつけを教える。脱いだ履物をそろえさせる。食後、食器を台所に運ぶような癖をつける。そのようなささいなことが、子供が成人後立派な社会人になることにつながる。

それなら夫はなにをなすべきか。育児につとめる妻に感謝の念をいだき、ゆとりをもって妻が育児に専念する環境をうみ出すよう努めるべきなのだろう。

（「母と子の絆《きずな》」『わたしの流儀』）

寿司の出前をとったとき、返される容器で、その家庭がわかるという寿司職人の話を例にあげている。電車の中でサンドイッチを食べる若い女性を見たときは、その行為は世の習いからはずれたことで、彼女が母親になって子供がそれを真似たらとんでもないことになると案じた。この世には理屈にかなっていても、してはいけないことがあり、それを教え込むのがしつけだというのだ。

そのためにも「古い」と子供に言われることを恐れてはいけないと述べている。古いというのは立派なことで、文学でも古典的作品と言われるものは、評価が定まった傑作をさす。日本の古きよきものを若い世代に伝えていくことを使命のように考えていた。

古典落語がその例だった。吉村自身、中学時代から寄席に通い、古今亭志ん生の大ファンだった。大学の文芸部時代に古典落語鑑賞会を開いて、志ん生を招いたこともあった。

おとなというものは、子供によきものをつたえてゆく義務がある。日本の土壌で育ったすぐれた芸を滅ぼさずに、若いものに伝えてゆかねばならない。落語一つを例にあげても、そこにはこまやかな人情の機微と高度な笑いがある。寄席の客は、そのような芸で人生とはかくなるものかを知り、人間性を豊かなものにみのらせていったのである。

(略)ベートーベンをきかせるのも結構だが、日本在来の名人の芸もきかせてほしい。落語にかぎらず日本に育ったすぐれた芸をきく耳を、自信をもって子供たちにうけつがせたいものである。


(「古典落語」『人生の観察』)

未完の作品を残さず、小説に結実させる

五十歳の夏、吉村は講演先の高野山から、妻に手紙を書いている。

二人の子供を得て、どちらも立派に、親孝行の子に育ったことに対する感謝を綴っている。そして、「貴女は人間的に素晴しい。女としても、僕には分に過ぎたひとです」と記し、「貴女と共に過すことができたことは、僕の最大の幸福です。生きてきた甲斐があった、生れて

きた甲斐があったと思います」と続く。

吉村昭は、津村節子という伴侶なしには語れない。津村節子も、吉村昭という伴侶なしに語れない。

晩年の闘病生活で、吉村は自分の死後に収入が激減するのを心配したのか、トイレの修理もしないほどの節約ぶりだったらしい。それほどに家族のことを案じていた。津村が日本芸術院賞を受賞したときは、自分が受賞したときよりも喜んだ。妻の受賞がまだなのを気にしていたようだった。

津村の内助の功は、吉村の死後も続いた。

吉村が亡くなってから四年四ヶ月の間、津村は吉村に関する仕事に忙殺された。未発表だった吉村の短編やエッセイをまとめ、ゲラに手を入れ、序文やあとがきを記す。本のタイトルを決め、文庫の新装版が出るときは装幀や解説者の相談を受ける。

吉村が推敲を重ねていた遺作の「死顔」は、津村がゲラの校正をし、「遺作について――後書きに代えて」を記した。同業だからできたことだった。未完の作品をぽつんと残して死ぬのが小説家の宿命だと吉村は書いていたが、妻のおかげでそれは避けられ、作品として読者に届けられた。

さらに作品の舞台となった土地で文学回顧展が開かれるたびに、展示する原稿や取材ノートなどの貸出し、オープニングの挨拶といった役割もあった。映画化やテレビドラマの許諾の場合は、脚本だけでなく原作も読まなければならない。

そのような夫への献身だけで終わらないのが、この夫婦のもっとも稀有なところだ。「私には代表作というべき作品がない」と書いていた津村だが、吉村の死後、夫の闘病と死を題材にした『紅梅』を書き上げる。「三年間は書くな」と吉村は遺言に記していたようだから、いずれ書くのは承知の上だったのだろう。津村が文壇デビューした初期の短編も、夫を素材にしたものだった。作家として集大成の作品も夫が題材だった。

つまり、すべて小説に結実させているのだ。

これほど日常生活と非日常の創作を見事に両立させた、組み合わせの妙とも言える夫婦を他に知らない。

第四章　食と酒と旅を味わう——余暇の作法

酒の手順が狂ったので白けた気分になり、河豚を食べる楽しさも消えた。ビールを飲むと、なぜ河豚の味がわからなくなるのか。それは店主の信念なのだろうが、それを客に押しつけるのは大きなお世話というものである。

（「河豚」『街のはなし』）

鯛の酒蒸しと分相応の哲学

吉村が書斎以外で過ごす場所として、いちばんにあげられるのが小料理屋などの飲食店だろう。唯一の趣味は酒で、若い頃はひと晩に日本酒をお銚子二十八本、焼酎をコップ十七杯という飲み方をした。「酒」という雑誌の名物企画「文壇酒徒番附」で、東の関脇になったこともある。取材先の地方でも、うまい肴で酒を飲むのを楽しみにしていた。

その先々で吉村の流儀やこだわりがあった。それを辿って行くと、これまでとは違った視点での吉村昭が見えてくるかもしれない。

吉村の興味の対象は人間だったので、店の味だけを記すことはなかった。エッセイには客か店主か、必ず人が登場する。

昨夜もホテルに泊り、「一作」に行った。眼の前に、見事な鯛の頭がある。釣糸がつき、鉤が口の中の骨に食いこんでいる。

「酒蒸しにしましょうか」

主人の言葉に、私はうなずいた。その店に通いはじめてから、最も豪勢な食物を注文したのである。

その時、私以外に一人いた客が、

「私にも……」

と、言った。

（「鯛の頭」『私の引出し』）

五十四歳のときのことで、前述の弟ががんで埼玉県大宮市の病院に入院した。自宅から片道二時間かかるので、病院の近くのビジネスホテルに泊まるようになった。

そこで見つけた店だった。

初めての土地に行っても、うまい肴と酒の店選びは百発百中だった。チェックするのは外に出ているメニューや値段ではなく、店の中で飲んでいる客層だった。入口の戸を細目に開けて、中年以上の男が穏やかな表情で飲んでいれば間違いないという。吉村は何かを自慢するような性格ではなかったが、唯一うまい店選びには自信を持っていた。

大宮で見つけた店も、鄙《ひな》には稀なというような店だった。十数人坐れるカウンターがあり、酒は博多の地酒、酒盗《しゅとう》やセロリの佃煮など、珍しいものが次々と出てきた。私にも鯛の酒蒸しを、と言った客は、二十代半ばぐらいのサラリーマン風の男だった。安くはない酒蒸しを頼んだ若い男に、吉村は落ち着かなくなった。

私が、その男と同年齢の頃は、今の金で言えば千円ぐらいで十分に飲み、そして食べられる店に入った。そのような店で満足し、王侯貴族にでもなったような満足した気分であった。その時から三十年、私なりの生活があり、年齢的にも経済的にも鯛の酒蒸しを食べても不自然ではない身に、ようやくのことで到達した。その若い男はなにかの事情で私などより経済的に豊かであるのかも知れないが、年齢の点で、あたり前といった表情で酒蒸しを注文するのは、当を得ていない、と思った。また、もしかするとかれは鯛の酒蒸しの相場を知らず、勘定をする時に顔色を変えるのではないか、と心配にもなった。（同）

まだ若いのに、分を超えていると思ったようだ。

吉村の哲学に、分相応というのがある。第一章でハイヤーに乗らないというエピソードを紹介したが、幼い子供を高価な美味を食べさせる店に連れて行かないのも、年相応においしいものがあるという理由からだった。自身の経験から、少年時代に食べた蜜パンやカレーそばなど、忘れられない味があった。美食は人生の楽しみの一つで、早くにその味を知ってしまうと、おいしいと感じることの少ない人間として成長し、それは子供にとって不幸だという考えだった。

食べ物の値段にも相応の哲学があり、カレーライスの相場が二百円前後の昭和四十年代に、いくらうまくても、千円のカレーライスはカレーライスではないというのが持論だった。分相応の哲学は食に限らず、衣食住生活全般に及んだ。

さて、鯛の酒蒸しを頼んだ若い男が、食べ終えて会計に立った。もし彼が支払えないようなら、不足分を立て替えてやろうか。いや、いい薬だから、素知らぬふりをするべきだとも考えた。驚いたことに、代金五千円余りを払った男は領収書を求め、「二万円余計に上乗せして書いて」と言った。吉村と店主は、呆れたように顔を見合わせた。

酒席はほのぼのとしたものでなければならない

唯一の楽しみだった酒には、いくつかの約束事があった。楽しく飲むためには、酒によって体調を崩すことがあってはならず、仕事に支障が出ても困る。そのためには厳しい戒律が必要で、それを守ってこそ酒は無上の愉楽になるというのだ。

まず飲む時間だった。日没からと決まっていた。自宅でも以前は六時からだったが、医者のアドバイスによって九時から十二時に変更になった。ただし外で飲むときは日没からというルールを定めた。

参加者の高齢化に伴い、同窓会が昼間開かれるようになっても、戒律通りウーロン茶で歓談した。日没後という掟は絶対で、昼酒は厳禁だった。着目するのは、講演などには原則と例外があるが、酒に関して例外はないということだ。自身の体調管理にもかかわり、習慣になれば命を縮めることになるので、決して破らない掟だった。

酒飲みは概してあまり物を食べないが、吉村はうまい肴で酒を味わうのが好きだった。その味をとやかく言うのははしたないという哲学もあった。そのあたりのことは、拙著『食と酒　吉村昭の流儀』に詳しいが、酒席では波風を立ててはならないというルールもあり、話題は旅や食べ物など他愛ないものを選んだ。

好印象を持ったとき、それをすぐに口にする習性が私にはある。

たとえば、小料理屋で一杯やっているとき、小鉢に入った肴などが出てきて、これがうまいと、

「うまいね、いいね」

と、調理人に声をかける。

調理人は、ありがとうございます、と嬉しそうな表情をする。ここになごやかな雰囲気が生まれ、私もいい気分になって酒を楽しむ。

ただし、うまくないときには黙っている。それは客としての礼儀であり、ともかく酒の席はほのぼのとしたものでなければならないのである。（「卯年生まれ」『私の好きな悪い癖』）

文壇関係の人と顔を合わせるような店は好まず、主に新宿、上野、浅草に出かけていった。

常に陽気な酒で、興が乗ればソーラン節を歌うこともあった。酒飲みには酒飲みの約束事があり、それは人に迷惑をかけないことだという。

編集者としか飲まないという習いがあったが、ひょっとしたら、同業者は波風が立つことがあると用心したからだろうか。気おくれする性格から、パーティなどで同業者と顔を合わせても、目礼はしても言葉をかわすことはなかったようだ。

唯一の例外が城山三郎だった。雑誌で対談したのがきっかけで、城山から「一杯やりませんか」と声がかかった。同じ昭和二年生まれで話が弾んだ。「土の中にこもったような私と話し合う機会をつくってくれた」と書いている。

吉村の酒は、アルコールが入っても、相手の表情などで、少しでも退屈そうだと察すると、巧みに話題を変えた。だから、決して酔ってはいないのだ。用心深い性格は酒に関しても同じで、こんなエピソードもあった。

子供の頃にかかるはしかに、吉村は未感染だったことがわかった。江戸時代にはしかの流行で多くの死者が出たという記録を読み、落ち着きを失った。幼児だけでなく大人も感染して死亡するというニュースに接して、予防接種を受けるしかないと思った。かかりつけ医で接種を済ませ、今日は入浴はしないようにと言われた。診察室を出ようとして、肝心なことをきくのを忘れたと思い、「お酒は飲んでもいいのでしょうか」と尋ねた。

注意事項にそれは書いてない、という返答だった。

そこまで確認しながら、この夜は万一を考えて酒は飲まなかった。アルコール依存症ではない、自分の意志でコントロールできると述べているが、確かにその通りだ。

酔客に対しては、自分の身は自分で守る

「私は、酒が大好きだが、酔っぱらいはきらいである。酒乱の癖のある人間は、さらに大きらいである」という記述がある。

この酒乱で思い出すのが、俳人の尾崎放哉《ほうさい》だ。吉村は『海も暮れきる』で、小豆島での放哉の最後の八ヶ月を描いている。放哉は朝から酒を飲み、酔うとねちねちと人にからんで、肺腑をえぐるようなことを口にした。そのために東京帝国大学法学部を卒業し、生命保険会社に就職しながら、仕事を失い、妻にも去られ、結核患者となって小豆島で生涯を終える。

吉村が放哉の俳句に出会ったのは、自身が結核の末期患者のときだった。死ぬときは放哉の句が載っている本を棺桶に入れてほしいと兄に頼んでいた。『海も暮れきる』以前にも、

結核のことは私小説で書いていたが、きれいごとで厳しさが描き切れていないと思っていた。放哉に託して死の影におびえていた自身のことを見つめ直そうとした。

この小説は昭和六十（一九八五）年にテレビドラマ化され、放哉を橋爪功が演じている。とりわけ酒癖の場面は、放哉が乗り移ったのかと思うような見事な演技だった。そのことを橋爪に伝えると、ある酒乱の新劇俳優をモデルにしていたという。実は吉村も、酒癖の悪さを書くときに、ある酒乱の編集者をモデルにしていた。

この編集者の酒乱の癖は半端でなかったようで、酒が入ると誰彼かまわずからんで、招待した流行作家の頭に瓶ビールを注いだこともあるという。昭和の時代にはこのような文芸編集者がいたのかと驚いてしまうが、尋常でない酒癖の悪さに誰もが怯えていた。

あるとき、バーのカウンターで隣り合わせた吉村は、その編集者に忠告をした。からむのはおやめになったらいかがです、と。酒席では、少しでも波風を立てるようなことをしてはならないを、流儀にしているにもかかわらずである。酒乱の癖のある人間は大嫌いなので、常々酒席を乱す編集者の言動に腹立たしさを覚えていたのだろう。しかしながら口に出した途端に落ち着きを失い、気持ちが動揺した。カウンターの中にいるマダムの顔からも血の気が引いている。

ところが意外にも、いいことをおっしゃってくださったと、編集者は頭を下げた。編集者が大人しく帰ったあと、立派です、見事ですとマダムが吉村をほめたたえた。酒乱の彼を恐れ、今まで誰も言えなかったことなのだ。

いい気分になったが、その後になって不安がつのった。彼の部下の編集者に、これまで誰かが忠告をした話はきいたことがないと驚かれて、さらに不安が増した。

なんとかしなければならぬと思い、電話をきると、ためらうことなく近くの酒屋に行ってダルマと俗称されるウイスキーを包んでもらった。その国産ウイスキーは、当時、高級品にぞくしていた。

それをかかえて出版社にもどり、受付でNさんを電話口に呼び出した。ウイスキーを買って来たので、それをかれに渡して欲しい、と言った。

「そんなことまでしなくてもいいじゃないですか。御本人、忘れていますよ」

Nさんは、笑っている。

「いや、一応そうしておかないとまずい。自分の身は自分で守らなければいけないからね」

私は、妙なことを口にして受話器を置いた。

（「献呈したウイスキー」『わたしの普段着』）

詫びに行ったときいて、バーのマダムにはがっかりしたと言われた。確かに腰砕けかもしれないが、これが吉村の作法なのだろう。

不穏な関係は、そのままにしておけば、次に顔を合わせたときに、どんなしっぺ返しをされるかわからない。それこそ波風が立ち、険悪な雰囲気になり、ほのぼのとした酒席に反する。もう顔を合わせない相手ならいいが、相手は編集者なのでどこで遭遇するかわからない。大事は小事より起こる。ならば大事になる前に手を打ち、火種は消して敵は作らない。それが節を曲げられないことなら貫き通すだろうが、件《くだん》の編集者はその相手ではない。

人間関係で気がかりなことがあれば、自分から出向いてかたをつけておく。そうすれば心おきなく仕事に専念できる。吉村の場合、いちばんに考えるのは小説であって、小説に集中できる環境を整えるのも才能のうちなのだ。

自分の身は自分で守るというところに、吉村の哲学があらわれている。

吉村流の、酔客にからまれない方法があった。

からまれそうになる前に逃げることだった。長年、酒を飲んできたおかげで、些細な言葉づかいや眼の動き、杯の持ち方などで、酒癖が悪いことをいち早く察することができた。そうと気づけば、できるだけ早く、さりげなく退散する。さりげなくというのが肝で、そのためには急に話をやめないで、話を続けながら後ずさりするように離れていく。つまり相手に悟られないようにということだ。場数を踏まないと難しそうだが、これも波風を立てないための処世術だった。

酒にしくじりはつきものだが、その害は最小限にとどめなければいけないという信念があった。酔客にからまれて怒ってみたところで仕方ない。酒癖の悪い男を相手にするほど愚かしいことはないと述べている。

もう絶対行かないと決めた店

酒は真剣に飲まなければいけない、という哲学もあった。酒席は仕事の対極にある憩いの場だった。仕事が真剣だからこそ、憩いも真剣でなければ釣り合わないということだろうか。

それだけに店選びも真剣だった。

東京随一と言われるふぐ料理屋でのことだった。ふぐは好物で、冬になるとふぐを肴にして酒を飲むのを楽しみにしていた。値段も東京でいちばん高いというその店には招待されて行った。飲み物を注文する段になって、まずビールを頼んだ。すると「お出ししていません」と言われた。ビールを飲むと、ふぐの本当の味を味わってもらえないからという理由だった。

呆気にとられたが、招待された側でもあり、「あ、そうですか」と言って日本酒から始めた。

酒の手順が狂ったので白けた気分になり、河豚を食べる楽しさも消えた。ビールを飲むと、なぜ河豚の味がわからなくなるのか。それは店主の信念なのだろうが、それを客に押しつけるのは大きなお世話というものである。人には個人差があって、ビールを飲んで河豚を口にするのを好む人もいるだろう。

店主は、客が快く飲み食いするのを第一と考えるべきで、客の好みにまで口出しするのはよろしくない。

（「河豚」『街のはなし』）

吉村の酒には手順があった。まずビールである。それから日本酒、焼酎、締めはウイスキーと決まっていた。アルコール度数の低いものから、徐々に胃をならしていくという作法だった。店を訪れる客は、わざわざそのために出かけていき、代金を支払って飲食する。それなのに酒を制限するとは何事かと一席弁じたくなった。食い物だけでなく、酒の恨みは恐ろしいと、その店のことは何度か書いている。

そもそも格式ばった店や、値段の高い店は嫌いだった。吉村がうまい店というのは、値段が安いというのが必須条件で、高い店というのは評価の対象にならなかった。ふぐ料理屋で好んでいくのは、ひと部屋に多くの客を入れるような店だった。安い養殖ものでもよく、食通でもない自分には天然と養殖の区別もつかないと書いている。もちろんビールから始め、ふぐ刺しやふぐちりを肴に酒を飲む。誰に指図されることなく、気軽に飲み食いできればそれでいいのだ。

東京随一のふぐ料理屋は、近藤啓太郎がケンカした店となっているが、それ以上の手がかりはない。無論その後足を向けていなかった。

もう絶対行かないと決めた店、というのが他にもあった。

編集者に連れて行かれた小料理屋で、味も雰囲気もよく気に入ったが、店主に妙な癖があった。魚の煮付を頼んで、つけ合わせのゴボウの煮物を残すと、「ゴボウも食べてください」と言う。出した料理は全部食べて、というのが店主の口癖だった。言われた通りにしたが、店主に強要されているようで食欲を失い、他の料理は注文せずに店を出た。
もう一軒、知人に連れて行かれた小料理屋は、気難しい江戸っ子の店主だが、味はとびっきりいいと事前にきいていた。確かにその通りで、店主はにこりともせず、客が注文しても返事もしない。客のほうが小さくなって「うまいね」と言い、店主の機嫌をとっているようで肌寒くなった。気に入らない客には、金はいらないから帰ってくれと言ったりするという。知人は「おもしろい店だろう」と言ったが、何がおもしろいものかと思った。

知人が案内してくれたのに申訳なかったが、私はこのような店は苦手である。当方は、なにもただで飲み、食べさせてもらっているわけではない。客なのである。飲食する店など数限りなくあり、その店に行ったということは、他の店に眼もくれず地球の一点にあるその店をえらんだのである。このようなありがたい客を、絶えず仏頂面で接するなど罰が当るというものだ。（略）
店主が無愛想だと、客は変った親爺だと言って珍重する傾きがある。そのため店主もそれに便乗して、出す食物がうまいのだから無愛想なのは当然だ、と無愛想を売り物にしている。

店主も店主だが、客も客である。食物は口に入れてみればわかることで、店主の態度などに関係はない。

（「地球の一点」『実を申すと』）

職人には職人らしい礼儀正しさが求められる

そもそも江戸っ子は、イッコク者で気難しいと、誤解されている節があるという。もし、前述のような店が下町にあったら、誰も寄りつきはしない。下町の職人は、礼儀正しく、気をつかい、客を大切にする。吉村が通い続ける店というのは、味はもちろんだが、店主も従業員も誠実で愛想のよい店に限られた。店主の顔が見える店というのも重要だった。いつ行っても店主がいない店は、腹は満たされても、人間の情が感じられない。

しかし、いればいいというものではなかった。あるそば屋の店主が、調理場で働く若い男を叱っていた。叱るなら、客のいないところで叱るべきだと思った。客の耳に入るところでそうされては、店の空気を乱し、客はそばを味わうどころではなくなってしまう。その店には足を向けるのが億劫になり、結局行かなくなった。

客あしらいの悪い店に行けば不愉快になるが、顔には出さず、二度と行くことはない。「君子危うきに近寄らず」で、自ら身を避けることにしていると述べている。

そして吉村が好んだ洋食のソースに関しては、こんな一件もあった。

結婚して、夫婦は池袋に住んでいた。ある日、洒落たレストランを見つけ、二人で入った。吉村は魚のフライを注文し、テーブルの上にソースがないので、ソースを所望した。少年時代から、ソースをかけたものは何でも好きだった。フライ類などはソースをかけなければ食べた気がせず、ソースをかけない洋食などあり得なかった。

調味料は必要ないように味つけがしてあると言われたが、それでもウスターソースがほしいと、白い服を着たウエイターに頼んだ。彼が店の隅に立つ黒い服の男に伝えると、明らかに蔑んだ表情が浮かんだ。そして調理場からソースの四合瓶を持ってきて、吉村の眼の前に置いた。明白な嫌がらせだった。

この場合も、塩を好む客もいれば、ソースで食べたい客もいる。店の考えを押しつけるのではなく、客の好みで食べさせるのがサービスだとしている。

このときの様子は、吉村の自伝的小説『一家の主』にも登場し、四合瓶が誇張されて一升瓶になっている。妻のエッセイにもあり、ウエイターも、ウエイターにあのような教育をした人間も、「イナカモン」だと吉村が言ったようだ。「イナカモン」というのは、コンプレックスから背伸びをして、ハイカラぶっている人間に対して用いる吉村独特の表現だという。

そのように店で働く人間にも眼は向いた。ある日、友人から紹介された店に行ったところ、その店で働く店主の息子と友人が髪を長くしていた。飲食店で働く人間はそれなりの節度が必要で、長髪は不潔感を与え、客商売に従事する者としての律義さに欠ける。商売は遊びではないはずだった。友人に感想をきかれ、吉村は遠慮すると答えた。

職人については、こんなこともあった。地方の著名な寿司屋に行ったときだった。客が何かを注文すると、若い職人が「あいよっ」と答える。威勢のいい声をあげることで、新鮮なネタを印象づけようとしているのかもしれないが、子供の頃、大きな声をあげる寿司屋は、味の悪い下《げ》の寿司屋だと言われていた。第一、客に対して失礼だった。

職人には職人らしい礼儀正しさが求められ、一人前の職人は言葉づかいも丁寧なものだ。そんなことが気になる年齢になり、行く店は次第に限られていったようだ。

傷が深くならないうちに引き際を考える

井の頭公園に隣接する自宅近くには、馴染みの店が何軒かあった。

中でもよく通ったのは「富寿司」だろう。寿司のネタもよく、店主夫婦も律儀な人柄で、常連客になった。吉村家の庭に自然薯を埋めてくれた店主だ。あるときからその店の客が減ったことに気づいた。魚の値が上がり、若いサラリーマンでは行けない店になっていた。吉村は次の客が来るまで店に居続け、客が来ると席を立つのを常とするようになった。

しかし応援もむなしく、ある日とうとうのれんを下ろすことになった。その後同じ場所に、別の夫婦が店を開いた。店の名前も同じなのだが、前の店主は熊本出身で、次の店主は岩手出身だ。週に一、二度は足を向け、編集者を誘って行くこともあった。一日中、書斎にこもって仕事をしているので、「富寿司」に行くのが気分転換になった。夫婦の祝い事があるときは、長男長女一家も招いて、出前をとって賑やかな時間を過ごした。

ところが近くに大きなマーケットが進出し、寿司屋のある商店街は閉店する店が相次いだ。「富寿司」の客も減り、吉村は新しいのれんを寄付したり、新品の石油ストーブを持ち込んだりして応援した。

ある夜、寿司が入った大きな桶を持って、店主夫婦がやって来た。商売が成り立たなくなったので、店を閉める挨拶に来たのだった。困ったね、と吉村は言った。

私は、かれと話をしながら鮨を肴《さかな》に酒を飲む。二時間ほどいて帰るまで入ってくる客はなく、出前の註文電話もかかることはなかった。

いつ、かれが店をやめるか。私はそれが気がかりで店に行くことをつづけ、妻にも行くようしきりにすすめられていたが、遂《つい》に最後の刻《とき》がやってきたのだ。

私は内心、安堵《あんど》も感じていた。店主は一切愚痴をこぼすこともなく店をつづけてきたが、人間の努力には限界があり、もうこれ以上頑張らなくてもよいのだ、と声をかけたい気持であった。

（「店じまい」『わたしの普段着』）

実は、前の「富寿司」の店主夫婦も、同じように店じまいの挨拶に来ていた。前の店主は、店を閉めて、都心の大きな寿司屋に勤めに出ることにしたと報告した。そのときも吉村は、弱ったねえ、と言いながら、傷が深くならないうちに勤めに出るのもいいことだと思った。

餞別を届けて、これまでの労をねぎらった。

かかわりのあった人に対して、何が何でも頑張れという応援はしない。引き際が大事だというのも、一つの応援ではないか。

食事の作法は人を不快にさせないためにある

鍋料理を楽しむときにも、店選びのコツがあった。鍋料理は、自分の好みの具を、適度な煮え加減で、熱いうちに食べるのが魅力だった。酒を楽しみ、同席の人と会話し、ゆったりと味わいたい。

ところが、部屋係の女性がつくと、そうはいかない。客の好みとは無関係に具を器にとり、少し食べると、さらに追加する。なんとなく急かされているようで、酒を飲んで歓談しているうちに具は冷めていく。サービスも、ときには有難迷惑になった。それを避けようとして、部屋係がつかないところを選んだ。係がついていても、安い店なら「勝手にやるから」「よろしくお願いします」で済む。作法を押しつけられるのも、必要以上にかまわれるのも性に合わないのだろう。

入りたくても、入ることができなくなった店というのがあった。

吉祥寺の立ち食いうどん屋だ。うどんは腰があり、汁の味もよく、都心へ出る際の時間がないときの昼食に利用していた。それを妻に告げると、「やめて下さい」と言われた。年齢を考えてくださいい、うどんの立ち食いをしていると、惨めに見える年なんです、と。

このとき吉村は五十代半ばだった。言われたときは納得できなかったが、ある日、同年齢の友人が立ち食いそばを食べているのを目撃した。その後ろ姿がひどく惨めなものに映り、ようやく妻の言葉を理解した。

そばといえば、「そばを食べる」というエッセイを書いている。

そばは好物で、昼食はそばを食することが多かった。そばは三筋か四筋、箸でつまんで汁をつけて食べる。そば屋では、ときどき奇妙な食べ方をする客を見かけることがあった。大学の後輩は吉村に、そばは噛むものではなく、すするものだと言われたようだ。そばは音を立ててすするもので、そばを食べるにもしきたりがあるのだった。

好物のそばにはこだわるものの、食べ方というのは本来自然であるべきだという。たとえば洋食のとき、ご飯をフォークの背に乗せるのは、どう考えても不自然で、フォークですくうのが自然だ。食事の作法というのは、そもそも周囲の人を不快にさせないために作り出されたものだった。旅先で列車に乗り、座席につこうとすると、前の乗客が食べ残した駅弁や飲料水の缶などがそのままおいてあったりする。あとからその席につく人のために片づけておくのは最低限のマナーだ。
食事の作法は、そうした身近なところにあると述べている。

人眼の多い所と言えば、パーティである。最近は立食パーティ形式の会食が多いが、そ
れにはそれなりの礼儀作法がある。

或る立食パーティで、友人が近づいてくると、
「あの男、いやだね」
と、言った。

友人の視線の方向に、眼鏡をかけた中年の男がいた。私は、友人の言葉の意味がすぐに
理解できた。男はパーティがはじまってから、絶えず食べているのである。食物から食物
へと、皿を手にせわしなく歩く。絶食をつづけ、この機会に栄養を……とでも言った感じ
である。

「生ガキを八個も食べたよ」

友人は、苦笑した。

（「蝗の大群」『実を申すと』）

生ガキは値が張るものなので、参加者の人数分は用意されていない。それを一人で八個も食べたら、口にできる人が限られる。自分さえ食べられたら、という考えで他人のことはかまいなし。そんな自分の姿が、人眼にどう映っているか考えもしないのだろう。

ある出版記念の立食パーティでは、開会の挨拶も始まらないうちに出席者が料理に群がった。その様子に、食べることは恐ろしいと改めて思った。

戦争と病気療養中の体験が、食べるということに根深いトラウマを残していた。戦時中の飢餓感と、生きるために配給に並んだ残影から、平和な世の中になっても並ぶということができなかった。浅草の「大黒屋」の天丼を食べたいと思いながら、いつも並んでいるので諦めざるを得ない。吉村にとって、食べるということは常に命と直結しているのだ。

そのような原体験があるからか、妻だけでなく会食をした人からも、食べ物をおいしそうに食べると言われた。

妻の姉夫婦と車で旅をしたとき、ドライブインで立ち食いそばを食べた。その食べ方が、飢えに飢えた五十代半ばの男がようやく食べ物にありつき、喜々として食べているように見えると笑われた。8ミリフィルムに映されたその場面で、姉一家は爆笑するのが常だった。

大感激した味をそっと記憶にとどめる

新幹線で地方に行く場合、自宅から東京駅に向かう道路は、朝早い時間は渋滞していることが多い。タクシーより電車のほうが確実だった。

ところが電車も通勤時間帯で混んでいた。旅行鞄を持っているので、それが満員の乗客の迷惑になる。何本か電車を見送り、比較的すいている電車を選んで乗った。人に迷惑をかけないという母親の教訓は、いくつになっても身にしみついているのだろう。

人間が興味の対象なので、電車の中でも乗客の観察を常とした。車両を移動するとき、連結部分のドアを閉める乗客とそうでない乗客の、現在と将来を思い描き、空想を楽しんだ。

電車といえば、席を譲る、譲られるという行為がある。譲るほうは、二十歳ぐらいの頃は、声をかけるのに勇気がいった。三十歳を過ぎてからは、「どうぞ」と自然に言えるようになった。

しかし五十歳を越えると、ためらいが生じた。五十歳を少し越えたぐらいの女性が、席を譲られるのを目撃したことがあった。彼女は顔を赤く染め、その場から逃げるように隣の車両に移動していった。まだ席を譲られる年齢ではないと思っていた自尊心が傷ついたのだろう。それ以来、相手の足の具合や顔のシワの数などをうかがい、声をかけるのも慎重になった。

そうしているうちに席を譲られる年齢になった。譲られた場合は丁重に頭を下げて、「ありがとうございます」と言って座席に坐る。そしてその乗客が降りるときに、その方向に顔を向けて黙礼する。これにはお手本があった。かねてから畏敬の念を抱く、ドイツ文学者だった。

氏の前の座席に坐っていた若い女性が、おもむろに立つと、坐るよう手でうながした。氏は、ベレー帽をぬぎ、感謝の言葉を口にしているらしく深く頭をさげ、その席に腰をおろした。その仕種《しぐさ》がまことに優美で、私は美しいものを見た、と思った。（略）

なおも氏の姿を見ていると、氏は、その女性がおりる時、立って再びベレー帽をぬぎ、頭をさげた。

（「席をゆずられて」『わたしの普段着』）

電車に乗って日暮里駅で降り、生まれ育った下町を散策することがあった。自宅から一時間余りの小旅行だった。駅周辺にはタワーマンションが建ち、変わっていく町並みもあれば、谷中霊園のように子供の頃のままの風情を残すところもある。

住んでいる東京でも、旅先の地方でも、昔からの町名が消えて、新しい名前に変わることがあった。必要に迫られる場合はともかく、不必要に地名をいじることに対しては異を唱えている。由緒ある町には、それなりの町名があり、町の歴史を尊重し、人がそこに住まわせてもらっているという気持ちを持つべきだという。

変貌するものの中には事情をともなう場合もあり、一概に非難はできないが、伝統やしきたりを無視するものには背を向けたくなる。その一つが、祭りのおみこしだ。祭りの季節になると、散策中におみこしに遭遇することがある。前方からおみこしが近づいてくると、吉村は道を引き返すのを常としていた。昔のものと比べて、見るにたえないからだ。

まず、かけ声が違った。かけ声は、ワッショイが基本だった。担ぎ方も違った。昔は両側からよりかかるようにして担ぎ、左右に蛇行して進んだ。

子供がおみこしに乗るのも、おみこし本来の意味を考えると道理に合わない。おみこしは御神体をのせた神聖なもので、子供の頃に二階から見おろしていると罰があたると言って叱られた。

伝統を無視して、おみこしが客寄せや遊びの道具につかわれているのを見るのが辛いのだ。たかがかけ声だが、些細なことにこだわるのが伝統というものだった。古くから受け継がれてきたものをくずせば祭りそのものの意義はうすれ、第一、御先祖様に申し訳ない。勝手にいじってはいけないものなのだ。

そのようにこだわるのは、子供の頃の下町の祭りに思い入れがあるからだろう。郷愁を損なうようなものには触れたくない。しきたりにのっとった古きよき祭りの光景を記憶の中にとどめておきたいのだ。

それは味の記憶でも同じだった。少年時代に、毎夏奥那須の温泉に避暑に行く習わしがあった。ある夜、露天風呂につかりながら、焼きおむすびを食べた。空には冴えた星が輝き、枝葉を揺らす夜の風が吹いていた。そのときの焼きおむすびが、これまで食べた中で、いちばん美味だった。

大人になってから、偶然テレビで奥那須の温泉宿を見たことがあった。再訪したい気持ちもあったが、そっと記憶の中にとどめておきたい気持ちのほうが勝った。今まで食べたものの中で、いちばんうまい食べ物というカレーそばも、その後食べることはなかった。大感激した少年時代の味の記憶を、宝物のように大切にしまっておきたいのだった。

旅先では図書館と飲食店しか足を向けない

地方への移動に飛行機は不可欠だが、ある時期まで吉村は飛行機を避け続けた。常識的に考えても、あれほどの重量の機体が、何百という人を乗せて空を飛ぶこと自体、自然の法則に反していると感じていた。飛行機なら二時間で行ける沖縄に、列車と船で六十五時間かけて行ったこともあった。

高所恐怖症のきらいもあったようで、逆に地下に潜るのは平気で、自身の精神構造を地下潜行者に似たものと述べている。しかし高所恐怖症と飛行機とは関係ないらしい。

初めて飛行機に乗ったのは、三十歳を過ぎた頃で、東京と大阪の間だった。そのときに人間が貨物のように運ばれて行くのを感じた。病死については一種の諦めを抱くが、航空機事故による死というのは、人間の自由意志が封じられたもっとも不本意なものだという。

とはいえ現地に赴き、自分で取材することを戒律にしているので、乗らないわけにはいかない。飛行機事故が起きるたびに落ち着きを失った。ばんだい号墜落事故があったときは、函館に行く予定で切符も手に入れていたが、払い戻して上野駅から夜行列車に乗った。

日航ジャンボ機の墜落のときも、北海道で取材の予定があり、気持ちがぐらついた。電話で話をきこうとしたところ、「会社の会長も社長も、ヒコーキで飛びまわっている」という長男のひと言で、小説を書く上での基本的な手抜きをしようとしたことに気づき、飛行機で旭川に向かった。

飛行機は天候によって欠航することがあるので、講演の場合は、前日に現地入りすることを常としていた。しかし福岡の久留米で講演のときは、前日に福岡行の飛行機が大雪のために欠航した。新幹線も止まっていた。当日、再び羽田に行ったが、やはり欠航だった。主催者にご迷惑をおかけしたと書いているが、これは不可抗力だろう。

講演の場合は日時が動かせないが、取材の場合は調整ができる。『破獄』の取材で網走に行くことになり、女満別《めまんべつ》空港までの直行便に乗る予定が、台風の影響で欠航した。やむを得ず千歳まで行き、翌日女満別に向かった。網走に一泊の予定が、札幌と網走に二泊することになり、時間が空いた。

だからといって観光などしない。長崎を例にすると、大浦天主堂も興福寺も行ったことはなく、図書館と飲食店が並ぶ思案橋界隈しか足を向けない。「それは文士らしい流儀だなあ」と城山三郎に感嘆されている。

日本でいちばん好きな地は？　ときかれて、人情が厚く、食べ物が美味な長崎をあげている。長崎では一度たりとも不快な目にあったことがなかった。長崎に行くと、表情はゆるみっぱなしで、小学生のように胸が弾んだ。

宇和島も、何度訪れても飽きないすばらしい町だと称賛している。鯛めしや朝のうどんなど、食べ物がうまく、うなぎを扱う横堀食堂に行くのも楽しみだった。店の主人はうなぎとりの名人で、夜、河口に近い海に船を出し、ヤスで突き刺してうなぎをとる。正真正銘の天然うなぎを食べさせる店だった。

そのうなぎを食べながら、以前、うまいと評判のうなぎの店に案内されたときのことを思い出した。天然ものが店のウリで、肝を食べた案内人がふいに声をあげた。肝に刺さっていた釣針を口に入れてしまったのだ。「また、ありましたか」と店主が言った。その釣針が天然ものの証拠だという。

その話を、横堀食堂の主人に伝えると、そんなはずはないと言われた。うなぎは釣針を呑み込むので、釣針は胃袋に刺さり、肝に刺さるわけがないという。甘く見られたものだと思った。店の壁に、当店のうなぎは天然ものなので、釣針が入っていることがあると、わざわざ書いてあった。もし先に横堀食堂の主人の話をきいていたら、「いたずらは、およしなさいよ」と店主に言ってやるところだと書いているが、果たしてそれを口に出したであろうか。周囲に気をつかい、波風を立てないようにするのは、旅先の店でも同じだった。

大阪の「たこ梅」を訪れたときだった。その店に行ったのは、おでん種のさえずり（鯨の舌）が食べられるときいたからだ。なかなか関西に行く機会がなく、ようやく念願がかない、店に入った。それほど欲していたのなら、まっ先に注文してもよさそうなものだが、最初から頼むと叱られそうな気がして、他のものを頼んでから頃合を見てさえずりを注文している。

これも一種の流儀だろうか。

バーで一人で飲む、わびしく淋しい気分が好き

妻と妻の妹と、伊豆半島の温泉宿に泊まったときだった。

玄関に、ある文筆家の色紙が飾られていた。評判になった連続ドラマを、この宿で執筆したらしい。部屋係についた女性が、勤務三日目という新人で初々しかった。翌朝、彼女が硯と色紙を持ってきた。宿の主人の妻が小説好きで、頼んでくるように言われたという。

前の章で述べたように、吉村は「字が下手だから」と言って辞退した。

「そんなこと、気になさらず、下手でも結構ですから……」

女中さんの言葉に、家内と家内の妹がかすかに笑っている。

私とて自著に署名する時は筆を使い、うまいとは決して思わぬが、それほど下手でもないという気持はある。下手でも……と真面目に言う女中さんに、私も思わず苦笑した。

「本当に驚くほど下手なんだ」

私は、繰返した。

「下手でもいいんです」

女中さんは、再び言った。

私は、女中さんが愛らしくなった。私の言葉をそのまま素直に受取っている彼女の真面目さを、決して軽んじてはいけないと思った。

（「麦茶と色紙」『事物はじまりの物語／旅行鞄のなか』）

新人の彼女の立場を考えると、頑強に断った場合、仕事に自信を失ってしまうかもしれない。そう考えた吉村は、「本当に下手だよ」と念を押して色紙に筆を走らせた。

色紙については、笑い話のような逸話がある。

初めて色紙を頼まれたときだった。太宰治賞を受賞して二年後、小説の取材で秋田の漁村に行った。漁業組合の一室で取材を終えると、幹部が色紙をとり出して、何か書いてほしいと言われた。当惑したが、取材で世話になったので、断るわけにいかなかった。色紙に接するのは初めてだったのか、どちらが表か裏かもわからなかった。金粉のついているほうが表だろうと思い、そこに「初心」と書いた。裏だとわかったのは、書いたあとだった。

三陸海岸の田野畑村では、こんなことがあった。

親しくしている村長から「牛を買ってみませんか」と言われた。酪農に力を入れようとした村長は、乳牛のオーナーになってほしいともちかけたのだった。

その地を舞台に小説を書き、毎年夏に家族で訪れて世話になっている身としては、できる範囲の協力はするべきではないかと考えた。親しくしてもらっている村長の好意にも報いたかった。牛の購入価格は、ツアーの海外旅行と同じような金額だという。飲む、打つ、買うのうち飲むだけの人間なので、もう一つくらい道楽があってもいい。

牛は血統書付きで、カナリー・エリート・ビバビュー・ヨシムラという立派な名前がついていた。その牛はオーナー制の二頭目の牛で、村長に言われてオーナーになった人がすでに一人いるのだ。その経緯を、妻が親しい女性作家たちに話すと、「吉村さんの、二号さんを見に行こう」となった。乳房の豊かな乳牛に、「あなたは二号さんには到底かなわないわ」と、妻は彼女たちに言われて笑いが起きた。

そうして、よき妻、よき家族に囲まれていた吉村だが、津村が初期の短編で描いたのは結婚で家庭にしばられるのを嫌う夫の姿だった。

初めて長崎を訪れたとき、長崎支局に赴任したある新聞社の社員が、町の魅力にとりつかれて退社し、身を沈めるように長崎に住みついたときいて、吉村はわかるなと思った。

妻と子のいる東京のあたたかい家庭は、ありがたいと思っていた。その一方で、長崎のどこかで、人眼を避けるように暮らしたいという、思いがけない強い願いが身を占めた。家族の一員として生きるより、一人で暮らすほうが、自分本来の姿ではないのかと、『戦艦武蔵ノート』に書いている。

その願望は、どこまで強く深いものだったのだろう。前野良沢の孤然とした生き方を理想としながら、そのような強靭な精神は持ち合わせていないと述べていた。決して突き進むことはない道への羨望だったのだろうか。

そんな夫の胸中を読みとってなのか、夫が蒸発して行方不明になったら、長崎の思案橋あたりを探せば見つかると、妻は冗談まじりに言っていた。次のエッセイは、吉村が五十六歳のときに書いたものだ。

ホテルにもどり、最上階などにあるバーで水割りのウイスキーを飲む。知っている人もいず、ただ一人でカウンターの隅に坐って、グラスをかたむける。わびしく淋しい気はするが、そんな気分が私は好きでもある。

（「旅の夜」『事物はじまりの物語／旅行鞄のなか』）

第五章　幸せだなあ、と毎朝つぶやいて——人生の作法

幸せだから、腹を立てることはめったにない。電車の中で隣りに坐った男が携帯電話をかけはじめても、ただ席を立って別の車輛に移り、吊革をつかむだけである。

（「病は気から」『わたしの流儀』）

生きてゆくことは、一刻一刻死に接近してゆくこと

吉村昭は、作家として、作家夫婦として、稀な存在だと前述した。

さらに、一人の人間としても、強い意志と精神力を持ち合わせた類い稀な人物だと言える。吉村の人生で最大の試練といえば、二十一歳のときに受けた結核の大手術だろう。戦後間もない昭和二十三（一九四八）年のことで、二五センチ平均の長さで肋骨五本を切除する胸郭成形術は、ドイツから日本に導入されたばかりで、当時はまだ実験段階だった。

全身麻酔では即死すると言われ、局所麻酔でベッドにしばりつけられる。意識は鮮明にあり、「殺せ」「やめてくれ」という絶叫が飛びかい、阿鼻叫喚が手術室にこだました。何億本という針を同時に突き刺されたような激痛だったという。

手術中に何人もの患者が死んだ。この手術で、吉村が悟ったことがあった。

時間は確実に流れ、その経過とともに手術は終わり、激痛から解放される。どんな苦痛も、必ず終わりのときがくる。それが唯一の救いだった。
しかし、時間が救いとなるのは苦境にある場合だった。平時でも時間は確実に流れ、やがて死を迎える。

手術台上にあった私には、時間の経過が大きな救いになった。しかし、健康な現在の私には、それが逆に畏怖《いふ》の対象となっている。時間は、とどまることなく経過してゆく。私の肉体は生きているが、時間の経過は確実に私に死をあたえる。生きてゆくことは、一刻一刻死に接近してゆくことなのである。

（「詩人と非詩人」『月夜の記憶』）

この最後の一文が、吉村の身に刻み込まれた。生と死は相反するものではない。死は遠くにあるものではなく、一歩先か百歩先か、生のすぐそばに寄り添っている。時は一刻一刻休むことなく過ぎ、その流れを止めることはできない。
それが時間の残酷さだった。生きていられるのはそれまでの時間に過ぎない。その声が、その後の吉村の人生を支配することになる。

手術以前にも、死は身近にあった。生まれて間もなく満州事変が起こり、四番目の兄が中国戦線で戦死し、少年時代は戦争とともにあった。家庭内でも、二人の兄が幼時に死亡し、六歳から十六歳までの十年間に、姉、祖母、兄、母、父という五人の肉親が亡くなった。

その後も、吉村が四十三歳のときに三番目の兄ががんで死去、弟もがんで亡くしている。『死のある風景』という、私小説の短編集があるくらいだった。死に関する短編ばかりだと編集者に言われて気づいたのだが、意識して書いたわけではない。

死は観念の世界のものではなく、日常にあるものだった。母親が子宮がんで亡くなったときは、悲しみよりも深い安堵を覚えた。思わず頬がゆるんだ、と書いている。四年もの間病床にあり、モルヒネ中毒で狂乱状態に陥った母親の死は、悲しみを超えたものだった。

一か八かの賭けに奇跡が起きた

人間の感情は、ときに自分でもうろたえるような、思いがけない喜怒哀楽が湧いてくることがある。次のエッセイは、結核の手術を受けるために、東京大学医学部附属病院雑司ヶ谷分院に入院していたときの話だ。隣室に同じ病の女がいて、彼女は手術を拒んでいるようだった。家族や医師が説得を続けても、泣いて首を振っていた。彼女が手術を拒み続けたために、吉村が先に手術を受けることになった。

手術が終わって、呼吸困難と傷の痛みに悶えながら、二日たち、三日が過ぎた。ある夜目覚めると、線香の臭いがした。一瞬、自分の通夜かと思ったが、吉村は生きていた。隣室の女だった。窓が開いて、月が出ていた。その窓から線香の煙が流れ込んできたのだった。

「死んだのか」私は、つぶやいたが、その時、胸の中に不意に湧き上ってきた感情に、私は狼狽した。それは、人の死を悲しむようなものではなく、その女に対する同情でもなかった。それは、思いがけず形容のできない程の歓喜の感情であった。女は、恐怖感のために手術を最後まで拒否しつづけた。私は、勇気をふるい立たせて手術を受けた。私の体は、肋骨もとられ一種の不具者にはなったが、ともかく生きている。女は、死んだ。私は、あえぎながらも呼吸している。月も、自分の眼で見ることができる。心臓は鼓動をつづけ、体温もある。

私は、優越感にひたった。ざまをみやがれ、私は、目にしたこともない隣室の女の遺骸をふんまえているような快感をおぼえた。

（「月夜の記憶」『月夜の記憶』）

このときの歓喜を、その後も反芻《はんすう》することがあったようだ。道徳的とか、非道徳的とかいう、次元の問題ではなかった。異常な状況におかれた人間の純粋な感情だった。勇気をふりしぼって手術を受けたものは生き残り、そうでないものは死んだ。それほどの覚悟がいる手術だったということだ。

兄が見舞いに持ってきたものの中に、「保健同人」という雑誌がまじっていて、その雑誌で手術のことを知った。往診の町医者に言うと、治療効果もわからない手術などに気を引かれず、絶対安静を守ればいいとたしなめられた。それでも屈せず、執拗に兄に頼み込んだところ、その手術についての情報が集められた。手術は失敗例が多く、しかも治療としての効果も疑わしいというものだった。家族会議が開かれ、そのように危険な手術は受けさせるべきでないという結論が告げられた。

そう言われても承知せず、懇願をやめなかった。自分の生死は自分で決めると主張し、それで死んでも悔いはないとまで言った。

思い込んだら、とにかくひと筋だった。そこまで言うのならと、兄が折れた。どうせ死ぬのなら、最後の望みをかなえてやろうと思ったらしい。

腸も結核菌に侵されて、半年の間に六〇キロの体重が三五キロになっていた。手洗いにも行けず、食事も自分で食べられず、死が間近に迫っているのを意識していた。

手術の情報をきけばきくほどに、隣室の女のように怖気づくのが普通だろう。

冒頭で、人間としても類い稀と述べたのは、誰もが逃げたいような危険な手術を、吉村は闇の中のひと筋の光だと思い、一か八かの賭けに出たことによる。その結果、生き延びることができた。術後一年以上の生存率は四〇パーセント以下で、その後再発した人も多かった。執刀医は東京大学医学部附属病院の講師で、のちに東大の名誉教授になったが、五百人ぐらい手術して、「私が知る限りでは、生きているのは、あなたしかいない」と言った。

手術中に死ななかったこと、その後も生き延びたことは、奇跡以外の何ものでもない。しかし、覚えておきたいのは、その奇跡は勇気をふりしぼった結果生じたもので、それに運が味方した。

手術を受けず、何も行動を起こさずにいたら、もちろん奇跡は生まれていない。

俺でなくてはできないものを探して

そうしてこの世に生き残った。退院する際の肺活量は七五〇ミリリットルで、成人男性は三五〇〇位なので、五分の一ほどの呼吸しかできなくなっていた。それでも徐々に体は回復していった。初めて外出を許されたときの光景は、強烈な鮮やかさで、忘れられないものだった。眼に映るすべてのものが光り輝き、きらびやかな光彩の中を歩いているようだった。

療養を経て、手術の翌々年には大学の門をくぐった。手術を受けてから、年数を日数で数えるのが常となった。

——俺はこの世の中で何か俺でなくては出来ないものがある様な気がしてならない

昭和二十三年の日記に、吉村はそう記している。中学、高校と進むにつれ、誰もが自分の将来を考えるが、吉村は当初から自分にしかできないことを模索していた。俺でなくてはできないものとは何なのか。

少年時代から、近い将来、戦場に赴かなければいけないことを意識しつつ、将来の夢を思い描いていた。子供の頃から映画が好きだった。小学生のときには、一人で映画館に通っていた。日暮里には映画館が四館あり、週に三、四日足を向けた。「活動屋の子になれ」と母親に言われたほどだ。

興味を持った対象に熱狂するのは、子供の頃からの習癖だったのか。

映画監督は少年時代からの夢で、学習院の高等科に入ってからも変わらなかった。大学の美術科を卒業した新進監督が多いので、同じように美術科に進んで映画会社の試験を受けようと考えていた。

ところが肺結核になった。胸郭成形術を受けて退院するとき、映画監督になりたいが、手術を受けた身では難しいかと、執刀医に尋ねている。映画監督になるにはまず助手をつとめなければならず、重労働には耐えられないと、執刀医は答えた。映画監督の夢は消えたが、理科系が苦手なのに造船技師になりたいとか、考古学の本を読んで考古学者になりたいとか、様々な将来を空想している。小説家というのは、まだ考えもしなかったようだ。

さかのぼって、どんな子供だったのか。気おくれはしても好奇心は旺盛だったようで、子供らしい生活を満喫していた。

谷中霊園でモチ竿をつかってトンボをとり、ベーゴマ遊びや、家の物干場では凧揚げに熱中した。一日二銭のこづかいをもらい、味噌おでんやソースをかけたシューマイなど、屋台の味をはしごした。そうして戦争が激化する中でも、ひそかな楽しみを見出していた。中学生になると、上野駅の一時預かりに制服や制帽を預けて、寄席の鈴本演芸場に通った。歌舞伎や新派の芝居もよく見に行った。

十六歳のとき、初めてひとり旅をした。旅行制限はすでに行われていたが、一〇〇キロ以内の旅行はまだ可能だった。山梨県の甲府に行こうと、旅行計画を練った。学校の二日続きの休日を利用し、母親にこづかいをもらって家を出た。甲府駅の手前の勝沼で降りて、ぶどう畑で老女からぶどうを分けてもらった。果物を眼にすることはなくなっていたので、それだけで気持ちが弾んだ。口に入れたときのうまさは、後々まで忘れなかった。列車の中で出会った少年に誘われて、下部《しもべ》駅で降りて女が客をとっていた宿屋に泊まった。

この旅が、後年のひとり旅の原点になるのだろうか。

宿に誘った少年の首から、守り札を納めた小さな袋が下がっていたことや、夜道に霧が流れていたこと、宿屋の近くの渓流の水音など、鮮明な記憶として残っていた。

着目するのは、暗い戦時下であっても、その状況の中でささやかな楽しみを見つけていたことだ。戦争中の悲惨な体験を数えたら切りがないが、それに押しつぶされることなく、将来の夢や希望をはぐくんでいた。

時間の残酷さが身を奮い立たせる

その日から、私にとって、生きているという実感は、この上ない貴重なものとなった。が同時にそれは、私にも確実に死の瞬間がやってくるという前提の上に立ったものでもあった。（略）

文学の仕事に自分の生活を賭けるようになった理由は、正直言って私にはわからない。ただ私にとって、創作という仕事は、私の生命感を十分満足させてくれる内容を持つし、しかもその作業の成果は、創作者の死後も生きつづける可能性も孕《はら》んでいる。

（「小説と私」『月夜の記憶』）

商家の生家では、文学に親しむどころか、それを好ましくないとする雰囲気があった。三番目の兄だけは文学に興味を持ち、芥川賞や直木賞の受賞作を読んでいた。その兄に大学を中退することを告げると、将来どうやって生活していくつもりなのかときかれた。「小説を書いてゆこうと思っています」と言うと、「なにをお前は考えている」と甲高い声で切り返された。「もっと地道なことを考えろ」と相手にされなかったが、とても正気で言っているとは思えなかったのだろう。しかし吉村は、小説を書く以外に自分の生きる支え、この世に生まれてきた意味はないと、はっきり感じるようになっていた。

残る人生を思うように生きたい。コッペパンが一日一個あったら一生小説を書いていく。実際、そば屋で昼と夜の、一日二食の生活を続けた。兄たちの援助を受けるのが嫌で、家庭教師の口を探し、二人の中学生を教えることになったが、それだけの収入では食費にも事欠いた。

一生小説を書いていく。そう決意し、原稿用紙に向かっても、常に筆が進むわけではなかった。書き上げたとしても、発表できるかどうかわからない。たとえ作品として世に出ても、報われる評価が得られるとは限らない。

立ち止まりそうになったとき、奮い立たせるものがあった。一刻一刻死に向かっているという、時間の残酷さだった。

吉村が、あれほど多くの作品を書き残し得たのは、雑事はしないという小事の作法もあっただろう。そうして執筆の時間を確保しながら、それを支える大事があった。今このときにも時間は流れ、生まれたばかりの赤ん坊も、死への歩みを始めているというまごうことなき現実が、筆を止めることを許さなかったのではないか。

人は必ず死ぬ。誰もが事実として知っていても、頭の中での理解はたちまち日常にまぎれてしまう。目をそむけたい不吉な現実は遠くに押しやり、忘れていたいとも思う。

吉村の場合、そこが違っていた。激痛とともに体と神経に刻み込まれた末期《まつご》の意識は、日々生きることと一体になっていた。死の淵までいった人間が抱いた死生観は、警鐘のように絶えずこだましていたのではないか。

小説に限ったことではない。何かに怯みそうになったとき、諦めそうになったとき、一刻一刻死に向かっているという恐怖にも似た時間の流れが、困難に立ち向かって一歩前に踏み出す勇気を与えたのではないか。

結婚前、津村に次のような手紙を書いている。

——僕はやります。

文学はつきつめた戦ひです。孤独に徹した仕事です。

机の前で万年筆を少しづつ動かしてゐる時間が僕の時間なのです。あゝ、よく生きてやがる！　と思ふのもこの時間です。

弔問、通夜、葬儀の区別としきたり

大病の経験からか、「星への旅」を始め、初期の短編「死体」「星と葬礼」などの小説以外に、日々を綴ったエッセイでも、死を扱ったものが眼にとまる。

人が生きていく上でのつき合いに冠婚葬祭がある。「婚」の記述もあるが、それより多いのが、「葬」にまつわる話だ。

冠婚葬祭、ことに葬の場合は、どうしても都合がつかない場合以外は焼香に出掛けるのを常としている。これまで多くの人たちの助力によって生きてきたと思っている私は、亡くなった方にお世話になったことをあらためて思い、出向いてゆくのである。

（「お気持だけ……」『街のはなし』）

文藝春秋の社長の急逝を知ったときは、駆けつけたい気持ちがあった。二、三度声をかけられ、「文藝春秋」に連載した小説の最終回をほめてくれたという話もきいていた。しかし人間には、駆けつけてよい人と駆けつけてはならない人がいるのだという。弔問に駆けつけてよいのは、肉親や親族、親しい友人に限られる。

駆けつけてはならない人のために、通夜と葬儀があるが、それにも区別があると述べる。通夜はやはり故人と親しい人に限られ、それ以外の人は葬儀に参列する。文藝春秋の社長は、通夜に行く資格はないと判断し、葬儀に赴いた。

しきたりというものは、人間の智恵が作り出したものである。人の死の直後の弔問、通夜、葬儀と三段階にわけた仕組みなど、人間の心理、感情を十分に知りつくしたものと思う。そして、百箇日とそれにつづく一回忌、三回忌等の法事も、遺族と親しい友人の悲しみを徐々にいやしてゆく方法なのである。

しきたりを古いと言って蔑むことは、愚かしい。（略）

合理的な考え方が、世を支配している。因習は排すべきだが、連綿とつづいてきたしきたりは、合理性がある故に持続し守られてきているのである。

（「駆けつけてはならぬ人」『白い遠景』）

時代とともに、通夜や葬儀のあり方も変わってきたが、吉村の中でけじめは明確にあったようだ。『戦艦武蔵』の文庫本の解説などで世話になった文芸評論家の磯田光一が死去したときは、葬儀に参列したいと思ったが、小説の取材で地方に行く予定があった。通夜の資格には欠けているが、仕事の上では親しみを抱いていたのだから、通夜に行っても差しつかえはないと判断した。取材で世話になり、訪れるたびに飲食をともにした宇和島の図書館長のときは、ためらうことなく羽田空港に急ぎ、通夜に列席して翌朝帰京した。

訃報は突然のことが多く、故人との親しさも様々だった。

小学校の担任だった恩師の死は、その妻から電話で知らされた。恩師とは卒業以来、文通を欠かさず、自宅を訪問したこともあった。告別式に参列できない予定があったので、通夜に伺うと言うと、遠方を理由に「お気持ちだけ有難く頂戴いたします」と言われた。それが本心からの辞退であることが伝わり、弔花を出すことにした。

親の死を知らせなかった親しい友人がいた。通夜や葬儀に参列してもらう労をかけさせたくなかったからだという。そうかと思うと、親しくもない知人の親が亡くなった知らせがあった。その親には会ったこともなく、告別式に参列するいわれはないので辞退した。

あるときは、二十年近く会わない知人から、さる人の告別式に出てほしいという電話があった。知人に紹介されてその人には一度だけ会ったが、それも三十年以上前のことだった。頼まれて断るわけにもいかず、出かけていったが、生きている間にはこんな日もあるのだと自分を慰めた。

若い頃、属していた同人雑誌の仲間が亡くなったという連絡もあった。同人雑誌は三十年以上も前のことで、亡くなった同人の顔も思い出せなかったが、参列者が少ないことが予想されるので、昔の同人たちに電話しているのだという。出向いたのは、申し訳なさに似た気持ちからだった。同人雑誌で小説を書いていた中で、小説家となった人は稀で、亡くなった同人は最後まで夢を諦めなかったが、志はかなわず老いて亡くなったという。その雑誌の同人は二百人ほどいたが、来てくれたのは君だけだと感謝された。

それとは逆に、焼香を遠慮したほうがいい場合もあった。

中学に入学したとき、小学校時代の同級生が疫痢で死亡した。通夜に行くことを母親に告げると、母親は激しい口調で反対した。小学校に入ったばかりの姉が疫痢で亡くなったとき、同級生たちが焼香に来た。その姿と亡くなった姉が重なり、元気でいる同級生に嫉妬に近い感情さえ抱いたという。「子を失った悲しみは、親しかわからない」と言われ、その形相に身が震える思いがした。

その記憶があったからだろう。長男が小学生のとき、同級生の友人が亡くなり、長男が葬儀に出かけると言った。吉村は「行ってはいけません」と強い口調で、それだけを言った。理由はわからなくても伝わるものがあったらしく、長男は黙ったまま出かけようとはしなかった。

病気見舞いはしない。死顔は見ない、見せない

病床にある人に対しては流儀があった。病気見舞いはしない、というものだった。大病をした自身の経験から出たもので、見舞いはありがたくもあるが、忌まわしくもあった。元気を装って話すためか、見舞い客が帰ると疲労を覚え、発熱するのが常だった。気をつかう性格からも、わざわざ来てくれた人に失礼がないようにふるまったのだろう。病み衰えた姿を、肉親以外にさらしたくないという気持ちもあった。

病気見舞いはしないというのは徹底していたようで、信条に近いものとなっていた。親しい人を見舞おうと病院まで行きながら、引き返したことが何度もあった。病み衰えた姿を見るのは失礼にあたるとも思った。見舞いに行かない代わりに、さりげない見舞いの手紙を出

したりした。
それが原則だったが、一人だけ稀な例外がいた。胸郭成形術を執刀してくれた医師だった。エッセイにも登場するが、短編小説「花火」でも書いている。

……その手術によって死をまぬがれた私には、肉体が自分のものだけではなく、氏と共有しているような奇妙な感じがある。几帳面に長い間検診をうけつづけたのも、氏によってあたえられた生命をなるべく長く維持しなければならぬという、氏に対する義務感に近いものからであった。

（「花火」『花火　吉村昭後期短篇集』）

執刀医が腎臓疾患で、雑司ヶ谷の分院に入院しているときき、見舞いに行った。時間を十分と決め、ドアをノックした。執刀医の死は新聞の記事で知り、通夜と葬儀に参列できない予定があったので、仮通夜に駆けつけた。その医師の手術を受けていなければ、自分はこの世にいない。故人の家を出て、吉村は少し泣いた。
肉親以外の死顔を見ないという流儀もあった。ある人の葬儀に行き、最後のお別れにと、花が一輪ずつ配られた。会葬者たちが柩の中に眼を向けながら、花を手向けている。

弱ったことになった、と思った。私は、肉親以外の死んだ人の顔は見ないことにしている。

私の考えは、こうだ。

人は死んだ時、まさに刀折れ矢つきたように肉体が最後の限界を越え、死を迎えている。肉体の一部である顔も、その人の最も衰弱したものになっている。それを眼にするのは失礼にあたる、と私は思うのだ。

それに死者は、すでに無抵抗になっていて、一方的に顔を人の眼にさらしている。見てはいやだ、と拒否できる立場にはない。私としては、元気な頃のその方の顔の記憶をそのまま持ちつづけたいし、衰えに衰え切った顔を見るのが恐しくもある。

（「一輪の花」『街のはなし』）

小学一年生のときに、祖母の死顔を見たことによるものだった。

「お別れをしなさい」と言われ、顔にかけてあった白い布がとり払われた。初めて眼にする死者の顔だった。口に詰めてある脱脂綿が、カリフラワーのようにもりあがっていて、体が硬直し、失神しそうになるほどの強い衝撃を受けた。

通夜の客に死顔を拝ませるのはしきたりだが、遺言に自分の死顔は誰にも見せないと書くようになった。それに対しては、妻も同意見だった。

作家という仕事柄もあるが、多様な人の死に行き合っている。

吉村家の家庭医だった森田功は、医学小説も書き、多くの患者をかかえていた。森田が大腸がんで入院したときは、見舞いにも行かず、見舞いの手紙も出さなかった。治療に専念してほしいと願ったからだった。その後、退院の葉書が届き、見舞いはかたく辞退すると書き添えられていた。

それからしばらくして、近所に住む評論家の大河内昭爾から電話があり、森田が亡くなったことを知った。診療所に行くと、額に入った森田の写真が受付台においてあった。同じ医師の森田の妻に尋ねると、六日前に亡くなったという。遺言により、通夜や葬儀はせず、遺体は献体の手続きをとっていた。ひょっとしたら臨終も自分で告げたのではないかと思うような死だった。そうして死を迎え入れた森田に、確固たる死生観を見た思いがした。

同じく近所に住む新田次郎の訃報は突然だった。編集者から連絡があって、「まさか」と叫んで、妻と新田の家に急いだ。新田とは、「文学者」時代からの同人雑誌仲間だった。新田の妻に「顔を見てやってください」と言われたが、まだ事実として受け入れる心の余裕もなかった。親族以外の弔問客が来ていない状況で、遺族を煩わせたくない気持ちもあり、玄関先で辞した。

はとこにあたるレコード・ディレクターは、書面による別れだった。ある日、彼の妻から封書が届いた。手紙にはまず、「一足先に現世とお別れすることになりました」という、はとこの挨拶文があった。「皆様にも拝眉の上お別れしたいのですが逢えば現世への未練が残りますので……」と続いていた。そのあとに、永眠いたしましたという妻の挨拶文があった。遺志により葬儀は行わず、ご厚情に感謝し……と綴られていた。いかにもその人らしく洒落たもので、理想の死を見た思いだった。

理想の死といえば、佐藤泰然という医師がいた。泰然は『暁の旅人』で描いた松本良順の父親で、『暁の旅人』は『冬の鷹』『ふぉん・しいほるとの娘』などと同様に、「日本医家伝」の連載から長編小説になった作品だ。

吉村の遺作となった「死顔」にも登場する泰然は、死期が近いことを知ると、医薬品や食物を断って死を迎えた。いたずらに命をながらえて、周囲に負担をかけることを避けようとしたのだった。吉村は泰然の死を理想とし、「賢明な自然死」だと述べている。

医師の選択に義理を介在させるべきではない

若い頃に大病はしたが、その後はいたって健康だった。一度も寝ついたことのない健康体にしたのは、私という飼育者の力だと、妻は記している。

古希の祝いには、親しい編集者を熱海に招待した。その年齢になっても、老いを感じることはなかった。NHKから老いについての対談の依頼があったときも、まったく感じていないという理由で断っている。ホテルの宿泊カードの年齢を書く欄に、「69」と記入するとき、この数字は一体何なのだといぶかしむほどだった。自分の年齢とは、とても思えないのだ。

確かに、人の名前を思い出せないことが多くなった。空港で芸能人を見かけ、咄嗟に名前が浮かばず、あとになって、ああ……と思い出すことがある。しかし物忘れなど気にしなかった。著名な脳学者に、脳には一定の容量があり、年齢が進むにつれて容量以上の新しい知識はあふれ出て、古い知識は残るという話をきいたからだ。

大病のあとは健康だったと書いたが、四十七歳のときに痛風の診断を受けている。しかし、それは誤診だった。誤診の経験は二十代にさかのぼる。

胸郭成形術を受けたあと、順調に回復し、大学に通っていたときだった。突然高熱を出し、激しい咳で呼吸困難に陥った。町医者は肺結核の再発だと言い、大学の医学部の肺結核専門の教授も同じ診断だった。

絶対安静と言われてそれに従い、熱も下がったが、伊豆にある結核専門病院で療養することになった。そこでレントゲンをとった医師が「肺炎にかかっていた」と診断した。肺結核はきれいに治っていて、高熱と咳は肺炎によるものだったのだ。

町医者には黙っていたが、ペニシリンを注射してくれる自転車屋の主人がいて、その注射のおかげで肺炎が治ったのだと言われた。町医者と医学部教授は誤診をしたのだった。ペニシリンの注射がなければ、肺炎で死亡していたかもしれない。だからといって誤診の医師を軽蔑などしなかった。

医師に誤診はつきものだということを、過去の経験から知っている。著名な東大医学部の内科教授が、退官する折に誤診を何度もおかしたという回想を発表し、世の人々を驚かせたが、人間は所詮神様ではなく、過失をおかすのは当然のことだと思った。

（「漂流民の足」『回り灯籠』）

医師であっても、医学部教授であっても、人間は神様ではないのだ。

痛風と言われたときは、足に異様な痛みが生じ、歩行困難になった。大学の付属病院に行くと、整形外科の助教授は痛風だと診断し、食事療法と薬の服用を指示された。なにしろ好物が、いくらやうに、ビーフステーキにレバーなど、痛風に悪いとされるものばかりだった。このときは米飯も断って、三ヶ月で五キロやせている。

そうして医師の指示を忠実に守っていたが、痛みはさらにひどくなった。胸郭成形術の執刀医に改めて診てもらうと、「これは、エノケンさんの病気ですよ」と言われた。つまり脱疽、バージャー病だったのだ。紹介状をもらって専門医を受診すると、やはり同じ診断だった。北海道のオホーツク海沿岸など、雪の中を歩きまわったのが原因だった。最初に受診した整形外科の助教授は誤診をしたのだ。

バージャー病とわかってからは、一日百本前後吸っていたタバコをやめている。

テレビで、冬季オリンピックの滑降競技を見ていると、過去の誤診の経験を思い出した。雪の斜面に立てられた旗が誤診で、選手が巧みに避けて滑降していくように、吉村も誤診を避けながら現在まで滑り降りてきたのだった。

その経験で得た教訓があった。誤診は珍しいことではなく、患者側の臨機応変な判断で避けるしかないということだ。

長男が小学生のとき、首筋にしこりができて、妻が町医者に連れて行った。レントゲンをとった医者は、結核で絶対安静だと言った。驚いて専門医の判断を仰ぐと、結核でないことが明白になり、家族にその町医者に行くことを禁じた。

慢性中耳炎による鼓膜再建の手術を小説に書いたときは、読者から手紙が届いた。その読者も慢性中耳炎で、手術を受けることになっているが、吉村が小説に書いたのとは方法が違うという。担当医に不信感を抱いているようだったが、知人の紹介なので断れないことも記されていた。

他人事とは思えず、すぐに返事を書いた。自身の中耳炎の際に、相談した医師の意見もきいた上だった。住所の近くにある公立大学附属病院に、すぐれた専門医がいるときいているので、とりあえずそこに行って診断を仰ぐべきだと助言した。

私は、医師の選択に義理などというものを介在させるべきではない、と考えている。すぐれた医師にも誤診があることを、自らの体験で知っている。医師も人間であるかぎり誤診は当然のことと言える。

私は、なにかそれらしき気配を感じると、ためらうことなく他の医師の診断をうける。誤診をした医師を私は決して侮りもしないし、恨みもしない。医師が不覚にもミスをおかしたと思うだけで、身を護る弱小動物のように、さりげなくその医師からはなれるのである。

（「掌の鼓膜」『私の引出し』）

読者からの返事はなかった。紹介した知人や医師に気がねして、納得のいかない手術を受けたのだろうかと案じた。

誤診も他のトラブルと同様、さりげなく離れるのがよいと説く。訴えたり、責め立てたりして、事を荒立てて無駄な労力をつかうことはない。さりげなくというのが重要で、弱小動物が自分の身を守るには、そっとかかわりを断つのがいちばんなのだ。

吉村昭は大事と小事の達人だと思うが、これは小事の作法でありながら、大事を成すためにも大切なことではないだろうか。義理や恩はもちろん軽んじてはならないが、ことに命にかかわる場合はそれを排除する。

いや、命だけでなく、自分の人生を賭けたことに対しても同様の考えだった。

こんなことがあった。血縁関係にある若者が転職の相談に来た。一流企業に勤めて五年になるが、別の会社からうちに来ないかと誘われていた。今の会社には不満があり、息苦しさを感じていた。新しい会社で思い切り自由に働きたいという気持ちがあったが、世話になった会社を辞めるのは申し訳ないという思いもあった。

それに対して、五年というのはまだ修業中の身で、転職を考えるのは早い。今の会社に恩返しをしてから考えるべきだとは言わない。吉村はこう答えた。五年で退社するのは恩義にそむくことになるが、人間は自分を生かすために、一生のうちに一度か二度は申し訳ないことをするものだ。自分に忠実に動くべきだ、と。

若い頃、吉村も自分でなければできないことがあるはずだと、人生を模索していた。そして、僕はやります、と決意した。この世に生まれて、自分を生かせることをまず見つけ出す。義理だ、恩義だと言っていたら、新しいチャレンジはできない。

人生の先輩として、思うように、悔いのないように、とエールを送っている。

人に知られることなく、ひっそり死にたい

慢性中耳炎の手術のときは、編集者らに病院名を知らせないように妻に頼んでいた。見舞いなどの気づかいをされたくなかったのだろう。見舞いの花が次々届けば、家族は病人以外に花の世話もしなければならなくなる。

毎年病院で検診を受け、たまに風邪をひく程度で、健康には自信があったが、舌がんを宣告されたのは七十七歳のときだった。病気のことは、家族以外、誰にも知らせなかった。たった一人の兄にも知らせず、住み込みのお手伝い二人にも「肺炎」だと言っていた。

当初は、子供たちにも知らせるなと言ったようだが、妻は「そんなことできません」と説き伏せた。重大なことなので、直接子供たちに話してほしいと頼んだ。

舌がんの宣告を受けた死の前年には、新聞連載の『彰義隊』や短編小説などの執筆をし、百歳で亡くなった丹羽文雄の日本文藝家協会葬で弔辞を読んでいる。翌年、再入院する間際まで、遺作の「死顔」の推敲を続けた。仕事をしていたので病に気づく人はいなかった。

亡くなった年の元日の日記には、「これが、最後の日記になるかもしれない」と記している。

同時期に大河内昭爾が胃がんになり、手術はどこの病院がいいか吉村に相談した。どこがいいという紹介をすると、何かあった場合に差しさわりがあるので、吉村はいくつかの病院の胃がんの手術に関するデータを渡した。

用心深く慎重な、いかにも吉村らしい対応だ。大河内が病院を決め、「明日、入院なんだよ」と吉村の家に報告に来た。実は、吉村も明日入院の予定だった。同じがんで、しかもまったく偶然の同じ日だった。それにもかかわらず、吉村は「自分も」とは言わなかった。

さらに、退院した日も同じだった。大河内は吉村家に電話を入れたが、口止めされている妻は「うちも」とは言えなかった。

還暦の頃、大河内から講演を依頼されて、新潟への新幹線に同乗したことがあった。その折、吉村に電話がかかっているという車内放送があった。日本芸術院賞に内定したという知らせだった。何かあったのかと案じた大河内に、「大したことじゃない」と答え、それ以上は言わなかった。この場合は、まだ内定なので、正式発表ではないと思ったからか。

それにしても、大河内とは昨日今日の知人ではなかった。二人とも無名だった「文学者」時代からの、半世紀にわたる文学上の友人なのだ。生前、吉村は越後湯沢に墓を建てていたが、富士山の麓にある日本文藝家協会の文学者之墓にも、大河内を誘って、吉村昭、津村節子の三人の名前を一枚の墓碑に刻んだほどの間柄なのだ。

なぜ、そこまで頑ななのかと思ってしまう。人に知られることなく、ひっそり死にたいという願望があったからか。他人様のご迷惑にならないようにという母親の教えが、いくつになっても胸に焼きついていたのか。

理由はどうであれ、一度決めたら最後まで貫き通した。

亡くなった年の手術の直前に、『戦艦武蔵』を書く際に世話になった内藤初穂が本を出版するので、帯の推薦文を頼まれた。普通なら断るだろうが、病や手術のことは一切言わず、あちこちに付箋をつけて校正刷りを読んだ。手術の直前であっても、百字程度の推薦文を書くのに、付箋をつけて丁寧に全文を読むのが吉村の流儀だった。

遺書は家の金庫の中に入れていた。書いたものをしばしばとり出して、赤字を入れて推敲していたという。そうして自身の臨終にまつわる準備を進めていた。

五十代のとき、親族のみで通夜、葬儀を営むようにという遺言状を書いた。それまで世話になった仕事関係者に、死後まで世話をかけるのは申し訳ないと思ったからだ。それを菩提寺の僧に話すと、反対された。親族のみでは、逆に多くの人の迷惑になると言うのだった。

通夜、葬儀をすれば、それですべては結末がつく。お互い様という言葉があるが、生きている間に多くの通夜、葬儀に行ったのだから、自分の死の場合に焼香する人が来ては迷惑だろうと思うのは考えすぎだ、という。

私より七歳年下の僧だが、専門家だけにその意見は正しい、と思った。

たしかに、古くから人の死には通夜、葬儀がいとなまれるのが約束事になっていて、それにさからってみたところでどうにもならない。仕来りというものは、人間の長い間の知恵によって生れたもので、それに従うのが最も賢明なのである。

（「通夜、葬儀について」『事物はじまりの物語／旅行鞄のなか』）

その結果、通夜と葬儀は、できるだけつつましく簡素にと遺言状を書き改めた。

弔花、弔問辞退の貼り紙まで用意して

実際に、平成十八（二〇〇六）年に亡くなったときはどうだったのか。

新潮社の編集者を病院に呼んで、遺言状を手渡したのが七月十三日だった。

家の金庫の中には封筒が何通かあった。「家訓」と記したものは、連帯保証人にはならないこと、不動産は他人に貸さないこと、家庭内に他人を入れないこと、金は貸さないこと、

利殖のための勧誘には乗らないこと、という内容だった。
「遺言」と書かれた封筒には、原稿用紙に以下のことが記されていた。死亡は長男長女夫婦のみに知らせること。密葬は長男長女一家による家族葬とすること。死後三日を過ぎてから、日本文藝家協会、日本芸術院に伝えること。正門と通用門に、「弔花、弔問の辞退」を貼り出すこと。弔電、お悔やみの電話、書簡には返事を出さないこと。偲ぶ会は編集者に一任すること。遺骨は遺影とともに一年間家におき、無宗教なので、法事は一切なしという内容だった。偲ぶ会の参考にと、ある人の死亡通知の新聞記事の切り抜きが貼ってあった。細々としたところまで目配りした克明な遺言だった。その封筒には、「何卒弔花御弔問ノ儀ハ故人ノ遺志ニヨリ固ク御辞退シマス　吉村家」と、毛筆で書いた紙が二枚同封されていた。

別の封筒には、「節子さんへ」と宛名書きしたものがあった。自分が死んだ場合、収入が激減することを案じ、つつましく暮らすようにと綴られていた。もう一通「節子さんへ」と書かれた封筒があった。

節子さんへ

一、恩賜賞、芸術院賞受賞、芸術院会員である矜持を常に持ち、それにもとることのないよう日々過すこと。

それが夫から妻への最後の手紙で、遺書でもあった。


七月十日に最後の入院をし、二十四日に退院した。三十日の朝、「ビール」と言い、吸呑みでひと口飲むと「ああ、うまい」と言った。しばらくして「コーヒー」と言った。どちらも好物だが、医者から禁止されていたものだった。

それが「最後の晩餐」になった。夜になって、突然、点滴の管のつなぎ目をはずし、さらに首の下に挿入してあったカテーテルを引き抜き、三十一日二時三十八分に永眠。妻にはきとれなかったが、「もう死ぬ」と言ったらしい。何事にもけじめをつけてきた吉村だが、最後は自身の生にも自分でけじめをつけたのだった。

遺作の「死顔」では、佐藤泰然の死を理想とするが、医学の門外漢である私は、死が近づいているか否か判断のしようがなく……と書いている。しかし結核の大病のときに、死が近づいているのを感じたのだった。死の淵に立ったことがある人間なら、最期のときも察するものがあったのではないか。

現に、七月十八日の日記には、「死はこんなにあっさり訪れてくるものなのか。急速に死が近づいてくるのがよくわかる」と記している。「吉村が覚悟し、自分で自分の死を決めることが出来たということは、彼にとっては良かったことではないか」と妻はお別れの会で語った。

講演先の高野山から妻に宛てた手紙に、自身の臨終について触れた箇所がある。妻に「長い間本当にありがとう」、二人の子供には「本当に楽しかった。ありがとう」とお礼を言うに違いないと書いている。

それが、なぜ、半世紀以上も連れ添った妻にひと言もなく、旅立ってしまったのか。覚悟を告げれば、制止されるに違いない。それは口にしないにしても……。いくら遺書があるとはいえ、今生で言葉をかわせるのはそのときが最後だったのだ。

どんな言葉も心情を伝えられるものではなかった。何も言わないことが、意味することがある。ひと言も発しないことが一つの言葉だったのか。それとも、はとこのレコード・ディレクターの手紙にあったように、言葉をかわしたら未練が残ると思ったのか。

第三者の想像は、いつまでたっても堂々巡りで、故人の胸中には永遠に辿りつけない。

傍らにいた妻は、夫が死ぬとは思っていなかったという。心の準備がまったくないままだったのだ。引き受けた仕事のために看病に専念できなかった妻は、後々まで悔いを引きずることになる。

越後湯沢の町営墓地にある墓は、自然石に自筆で「悠遠」と刻まれている。湯沢に行くと、吉村は自分の墓を見に行くのを楽しみにしていた。『黒船』の主人公が、恋女房を葬った下北半島にある墓を見て、墓石の上に帽子のように雪が積もっていたのが印象に残ったらしい。雪国の墓に妻は反対だったが、雪の中はあたたかいのだぞ、と吉村は言っていた。

霊苑内の案内板には湯沢町とのかかわりが綴られ、次のように結ばれている。

——吉村昭氏、湯沢をこよなく愛し、生前墓所として決めたこの地に眠る。

小説の主人公のように、自らの運命を切り開き

若い頃の大病とその後の療養生活は、吉村の性格に影響を与えた。兄たちの庇護を受けなければ生きられない卑屈感がしみついて、すね切った性格になっていた。

そもそも九男一女の八男で、母親は一人の女児を溺愛した。末っ子の弟は愛くるしい顔で、頭の回転がよく、母親に可愛がられた。愛情を注がれた姉と弟の間で、その頃から卑屈な感情が芽生え始めていた。吉村が四歳のときに家が火事になり、母親は姉と弟の手を引いて逃

げたが、吉村は置き去りにされた。昭がかわいそうだと、兄が怒ったほどだった。

卑屈感が硬い鉱物のように核となり、六十代半ばになっても、あまりにも頑なな性格を自分でも持て余していると書いている。

それがどうしたことだろう。亡くなる何年か前から、朝目覚めると「幸せだなあ」とつぶやくのを常とするようになった。「どこも痛くなくて病気でもなくて、ああ、俺は幸せだな」と。次のエッセイは、七十歳のときに書かれたものだ。


数年前からあることに気づき、それは信念に近いものになっている。

働きざかりの人で、突然病いにおかされ、短期間に死を迎えることがある。そうした人の中には、精神的に大きな苦しみを背負っていた人が多いような気がする。

むろん、すべてに共通しているわけではない。死はさまざまで、平穏な日々をすごしていた人が、思いがけず発病して死亡することも多い。

しかし私は、病いは気からという言葉がある通り、精神的なものが病気に大きく影響し、発病をうながす重要な要因になっているように思えてならない。

そうしたことから、それを私は十分に意識し、自分のいましめとしている。

生活は、波風の立たぬように日頃から心掛けている。

（「病は気から」『わたしの流儀』）

「幸せだなと思う」というより、「思うようにしてる」なのだ。つまり意識が介在しているのだ。そう思っていたら、そうなる。自分に暗示をかけているのだ。幸せだなあ、とつぶやくことで気分が明るくなり、今日も一日仕事をしっかりしようと思う。もちろん煩わしいこともあるが、所詮は気持ちの持ちようだった。

いつの間にか楽観に切り替わった、というより切り替えたのだろう。昨日はあんなこと言っちゃって、などという後悔はしない。いいことばかり考える。

幸せだから、腹を立てることはめったにない。電車の中で隣りに坐《すわ》った男が携帯電話をかけはじめても、ただ席を立って別の車輛《しゃりょう》に移り、吊革《つりかわ》をつかむだけである。

今日は快晴で、書斎の窓から見える空には雲一片もない。こんな青く澄んだ空を見ることができるのは生きているからで、生きていなくては損だとつくづく思う。

（同）

不幸せだなと思うことないの？　と対談で城山三郎にきかれ、ないと答えている。

「ありがたい」「幸せ」と連発する吉村に、「しあわせ教つくって、教祖らしいことしてよ。僕も入るから（笑）」と城山に言われているほどだ。末期患者で病床にあったときのこと、激痛につぐ激痛の大手術を思い出すと、とりあえず健康で、その年まで生きてこられたのは幸運以外の何ものでもなかった。生きている毎日をありがたいと思う。

そう思うようになったのは、一つには仕事が順調だったこともあるだろう。もう一つは、愛妻のおかげだろう。「飼育者」だった妻が健康にしたのは、夫の体だけではなかった。母性豊かな、きめ細やかな愛情を注がれて、頑なだった性格が徐々にほぐれ、棘が抜け落ちていったのではないか。

振り返れば、戦争、大病、苦節の時代と、不幸せと思えば、不幸せの連続だった。その境遇に果敢に立ち向かい、『漂流』や『破獄』の主人公のように、自らの運命を切り開き、生き延びていった。

時間を燃焼させて吉村昭でなければできない仕事をし、流儀通りに人生をまっとうして、理想の死を迎えた。自分の死を自分で見極めるなど、誰もができることではない。

幸せな人生でなくて、なんであろうか。

おわりに

二〇一九年四月に、吉村昭さんについて、妻の津村節子さんにインタビューをしたときのこと。津村さんは、若き日の吉村さんについて次のように語った。

——この人は、ひょっとしたら、ひょっとするかもしれない。このままでは、終わらない人だと思ったんです。必ず小説で名をなす人だと。

結婚の翌年に夫婦で東北から北海道へ「旅商い」に出て、心配した身内に、そんな男とはすぐに別れなさいと言われたときのことだ。「こんなに売れる小説家になるとは思いませんでした」と、津村さんは笑いながらつけ加えた（このときの様子は「夫・吉村昭と歩んだ文学人生」と題し、小学館のウェブサイトP+D MAGAZINEで公開している）。

インタビューで印象に残っているエピソードはいくつかあるが、その一つに、吉村さんが人に対して必要以上に気をつかう話がある。それは著書からも読みとれる。たとえば、客あしらいの悪い店に行っても、決して顔には出さず、さりげなく店から離れる。気づかいと同時に、厄介なトラブルからは、うまく距離をおくという処世術でもある。

気配りの達人だけに、対人関係における哲学は他にもある。「世の中、お互いさま」「人間は神様ではない」という、相手を咎めない寛容の精神は、仕事や夫婦、親子間でも通ずるものだろう。「所詮は気持ちの持ちよう」というある種の諦観は、気を楽にしてくれる。人間の性格を変えるのは難しいかもしれないが、人生訓を一つ心がけるだけでも、心の風景は穏やかになり、対人関係も変わっていくのではないか。

吉村昭の人生作法に着目した本はこれまでにない。前著『食と酒　吉村昭の流儀』では、食と酒に関する哲学を集めたが、今回は賢明な身の処し方から学ぶ作法を書いてみたいと思った。

吉村さんといえば、律儀で手堅いイメージがあるが、決して守りの達人だけではなかった。小事の作法と同時に、大事の達人でもあった。

用心深く慎重な面はもちろんあるのだが、思い込んだらひと筋の道に対しては、粘り強く、勇敢なチャレンジャーであり勝負師でもあった。成功率の低い手術に勇気をふりしぼって挑み、苦節十数年の末に文壇デビューを果たし、生存競争の激しい小説の世界で独自の路線を切り開いていった。何より、肋骨を五本失い、大学中退で定職なしの身での津村さんへのプロポーズは、一世一代の大勝負だったのではないか。もちろん才能や能力あってのことだが、条件や環境は決して恵まれたものではなかった。それでも断じて諦めない強靭な意志で、マイナスの札をプラスに変えていった。

堅実な人生訓とともに、順境でないところからの挑戦は、読む人に勇気や励ましを与え、背中を押してくれるのではないか。

主題に合わないものは未練なく切り捨て、主題を生かす事実だけをすくいとるという吉村さんの作法に習い、わたしも著作から共感するところをすくいあげた。ときに吉村さんと対話しながら、また、あるときは吉村さんの声がおりてきたと思った瞬間があったが、無論錯覚であろう。死んだら無という死生観の方だったので、魂はどこにもなく、ありえない幻想に違いなかった。

この本はあるきっかけがあって誕生したのだが、そのきっかけをつくってくださった方から、「谷口さんの思いが通じましたね」という言葉をいただいた。

思いというのは、川底に沈んでいる一片の砂金のようなものかもしれない。何もしなければ、ただ、そこにあるだけなのだ。思いだけでなく、才能や縁といったものも同じかもしれない。

それを芽吹かせ、かたちにしていくには、状況によっては祈るような気持ちでメールを送ったり、ダメもと精神でアプローチしてみる。つまり行動がともなわなければ、永遠にそこにあるだけで、奇跡が起こることもなければ、運が味方することもない。

人間には分があり、吉村さんのように、あるいは吉村さんが描いた主人公のように、信念を貫き、運命を力強く切り開ける人ばかりではないだろう。しかし、誰の胸にもかなえたい思いの一つや二つはあるはずだ。ささやかなものだが、わたしにもある。残りの持ち時間で、一つでも多くかたちにできたらと願う。

立ち止まりそうになったとき、怯みそうになったとき、一刻一刻死に近づいているという、警鐘を思い出して。

この本を読んでくださった方が、人生作法から学んだことを日常に生かすことで何かが変わり、思いを一つでもかたちにするきっかけになれば、著者としてこれ以上の喜びはない。

二作目の執筆にあたって、吉村家の方々のあたたかいお言葉に励ましをいただきました。

吉村昭担当編集者の方々や、吉村昭記念文学館、吉村昭研究会にもご協力いただきました。

中央公論新社取締役の三木哲男さん、書籍編集局次長の太田和徳さん、橋爪史芳さんには、様々にお世話になりました。

吉村昭さんからひろがっていくよきご縁に深く感謝申し上げます。

没後十六年の悠遠忌をまえにして

谷口　桂子

吉村昭◎略年譜

	(歳)	
昭和二年（一九二七）	0	五月一日、東京府北豊島郡日暮里町大字谷中本（現東京都荒川区東日暮里六丁目）に、製綿工場を経営する父隆策、母きよじの八男として生まれる。兄五人（二人は幼時に死亡）、姉一人
昭和九年（一九三四）	7	東京市立第四日暮里尋常小学校入学
昭和一五年（一九四〇）	13	私立東京開成中学校入学
昭和一六年（一九四一）	14	四兄敬吾、戦死
昭和一九年（一九四四）	17	肺浸潤と診断される。八月、母がガンのため死去
昭和二〇年（一九四五）	18	病気欠席で落第が決まるも戦時特例により繰上げ卒業。四月、空襲で家が焼失。八月、徴兵検査で乙種合格。一二月、父がガンのため死去
昭和二二年（一九四七）	20	旧制学習院高等科文科甲類入学
昭和二三年（一九四八）	21	一月、喀血。九月、左の肋骨五本を切除する胸郭成形術を受ける
昭和二五年（一九五〇）	23	学習院大学文政学部入学。文芸部に所属

昭和二八年（一九五三）	26	大学を辞め、三兄の紡績会社勤務（一〇月末退社）。一一月、北原（津村）節子と結婚
昭和三〇年（一九五五）	28	一月、繊維関係の団体事務局勤務。丹羽文雄主宰の同人雑誌「文学者」に参加、七月号に「青い骨」を発表
昭和三三年（一九五八）	31	最初の作品集『青い骨』を自費出版
昭和三四年（一九五九）	32	「鉄橋」が第四〇回芥川賞候補、「貝殻」が第四一回候補となる
昭和三七年（一九六二）	35	「透明標本」が第四六回芥川賞候補、「石の微笑」が第四七回候補となる
昭和四〇年（一九六五）	38	七月、妻・津村節子が「玩具」で第五三回芥川賞受賞
昭和四一年（一九六六）	39	「星への旅」で第二回太宰治賞受賞。「戦艦武蔵」が「新潮」九月号に掲載、単行本がベストセラーとなる
昭和四四年（一九六九）	42	三鷹市井の頭に家を新築し転居
昭和四八年（一九七三）	46	『戦艦武蔵』『関東大震災』など一連のドキュメント作品により第二一回菊池寛賞受賞
昭和五四年（一九七九）	52	『ふぉん・しいほるとの娘』で第一三回吉川英治文学賞受賞
昭和五六年（一九八一）	54	八月、弟死去

昭和六〇年（一九八五）	58	『破獄』で第三六回読売文学賞、第三五回芸術選奨文部大臣賞受賞。『冷い夏、熱い夏』で第二六回毎日芸術賞受賞
昭和六二年（一九八七）	60	第四三回日本芸術院賞受賞
平成六年（一九九四）	67	『天狗争乱』で第二一回大佛次郎賞受賞
平成九年（一九九七）	70	日本芸術院会員となる
平成一一年（一九九九）	72	日本文藝家協会理事長代行に就任
平成一二年（二〇〇〇）	73	第四回海洋文学大賞特別賞受賞
平成一六年（二〇〇四）	77	高野長英賞受賞。日本芸術院第二部（文芸）部長就任
平成一七年（二〇〇五）	78	舌がんを宣告される
平成一八年（二〇〇六）	79	二月、完全に取り切れていなかった舌がんと、発見されたすい臓がんの手術。三月、退院し自宅療養。七月一〇日、最後の入院。二四日、退院し自宅療養。三一日死去。従四位旭日中綬章受章

引用・参考文献

●引用文献

『縁起のいい客』文春文庫、二〇〇六年一月
『蟹の縦ばい』中公文庫、一九九三年七月
『史実を歩く』文春新書、一九九八年十月
『史実を追う旅』文春文庫、一九九一年二月
『時代の声、史料の声』河出書房新社、二〇〇九年二月
『実を申すと』ちくま文庫、一九八七年八月
『事物はじまりの物語／旅行鞄のなか』ちくま文庫、二〇一四年二月
『白い遠景』講談社文庫、二〇一五年三月
『白い道』岩波現代文庫、二〇一二年八月
『人生の観察』河出書房新社、二〇一四年一月
『その人の想い出』河出書房新社、二〇一一年一月
『月夜の記憶』講談社文庫、一九九〇年八月
『花火——吉村昭後期短篇集』（池上冬樹編）中公文庫、二〇二二年五月
『ひとり旅』文春文庫、二〇一〇年三月
『街のはなし』文春文庫、一九九九年九月
『回り灯籠』筑摩書房、二〇〇六年十二月
『履歴書代わりに』河出書房新社、二〇一一年六月
『私の好きな悪い癖』講談社文庫、二〇〇三年十一月
『私の引出し』文藝春秋、一九九三年三月
『わたしの普段着』新潮文庫、二〇〇八年六月
『私の文学漂流』新潮文庫、一九九五年四月
『わたしの流儀』新潮文庫、二〇〇一年五月

●参考文献（引用文献で挙げたものを除く）

吉村昭著

『味を追う旅』河出文庫、二〇一三年十一月
『一家の主』毎日新聞社、一九七四年三月
『死顔』新潮文庫、二〇〇九年七月
『昭和歳時記』文藝春秋、一九九三年十一月
『戦艦武蔵ノート』岩波現代文庫、二〇一〇年八月
『東京の下町』文春文庫、一九八九年一月
『東京の戦争』ちくま文庫、二〇〇五年六月
『遠い幻影』文藝春秋、一九九八年一月
『七十五度目の長崎行き』河出文庫、二〇一三年一月
『吉村昭自選作品集』（全15巻、別巻1巻）新潮社、一九九〇年十月〜九二年一月
『わたしの取材余話』河出書房新社、二〇一〇年四月
『わが心の小説家たち』平凡社新書、一九九九年五月

津村節子著

『愛する伴侶《ひと》を失って——加賀乙彦と津村節子の対話』（加賀乙彦共著）集英社文庫、二〇一五年六月
『明日への一歩』河出書房新社、二〇一八年四月
『重い歳月』文春文庫、一九九六年五月
『女の居場所』集英社文庫、一九九〇年十月
『女の贅沢』読売新聞社、一九九四年七月
『女の引出し』文化出版局、一九八四年三月
『風花の街から』毎日新聞社、一九八〇年一月
『紅梅』文春文庫、二〇一三年七月
『三陸の海』講談社文庫、二〇一五年十月
『書斎と茶の間』毎日新聞社、一九七六年二月
『人生のぬくもり』河出書房新社、二〇一三年一月
『津村節子自選作品集』（全6巻）岩波書店、二〇〇五年一月〜六月

『時の名残り』新潮文庫、二〇二〇年一月
『似ない者夫婦』河出書房新社、二〇一三年四月
『果てなき便り』文春文庫、二〇二〇年四月
『花時計』読売新聞社、一九九八年十一月
『遥かな道』河出書房新社、二〇一四年十月
『夫婦の散歩道』河出文庫、二〇一五年十一月
『ふたり旅——生きてきた証しとして』岩波書店、二〇〇八年七月
『遍路みち』講談社文庫、二〇一三年一月
『もう一つの発見——自分を生きるために』海竜社、一九九一年十月
『瑠璃色の石』新潮文庫、二〇〇七年三月

その他

『人物書誌大系41 吉村昭』(木村暢男編)日外アソシエーツ、二〇一〇年三月
『あの人に会いたい』(「NHKあの人に会いたい」刊行委員会編)新潮文庫、二〇〇八年十一月
『吉村昭が伝えたかったこと』(文藝春秋編)文春文庫、二〇一三年八月
『文藝別冊 増補新版吉村昭——取材と記録の文学者』(河出書房新社編)二〇一三年十二月
「季刊文科」36、二〇〇七年一月
「群像」二〇〇六年十月号
「小説新潮」二〇〇七年四月号
「波」一九七〇年五・六月号、二〇一〇年十一月号
「文藝春秋」二〇〇六年十月号、二〇一一年九月号

ラクレとは…la clef=フランス語で「鍵」の意味です。
情報が氾濫するいま、時代を読み解き指針を示す
「知識の鍵」を提供します。

中公新書ラクレ
766

吉村昭《よしむらあきら》の人生作法《じんせいさほう》

仕事《しごと》の流儀《りゅうぎ》から最期《さいご》の選択《せんたく》まで

2022年6月10日初版
2022年6月30日再版

著者……谷口桂子《たにぐちけいこ》

発行者……松田陽三
発行所……中央公論新社
〒100-8152 東京都千代田区大手町1-7-1
電話……販売 03-5299-1730　編集 03-5299-1870
URL https://www.chuko.co.jp/

本文印刷……三晃印刷
カバー印刷……大熊整美堂
製本……小泉製本

Published by CHUOKORON-SHINSHA, INC.
Printed in Japan　ISBN978-4-12-150766-2　C1295

中公新書ラクレ　好評既刊

L585 孤独のすすめ
――人生後半の生き方

五木寛之 著

「人生後半」を生きる知恵とは、パワフルな生活をめざすのではなく、減速して生きること。「前向きに」の呪縛を捨て、無理な加速をするのではなく、精神活動は高めながらもスピードを制御する。「人生のシフトダウン＝減速」こそが、本来の老後なのです。そして、老いとともに訪れる「孤独」を恐れず、自分だけの貴重な時間をたのしむ知恵を持てるならば、「人生後半」はより豊かに、成熟した日々となります。話題のベストセラー!!

L651 続・孤独のすすめ
――人生後半戦のための新たな哲学

五木寛之 著

人は本来孤独を恐れるべきものだろうか。あるいは、孤独はただ避けるほうがいいのか。私は孤独の中にも、何か見いだすべきものがあるのではないかと思うのです。（中略）孤独の持っている可能性というものをいま、私たちは冷静に見つめ直すときにさしかかっているようにも感じるのです（本文より）。――30万部のベストセラー『孤独のすすめ』、待望の続編！世に流布する「孤独論」を退ける、真の「孤独論」がここに完成した。

L718 老いる意味
――うつ、勇気、夢

森村誠一 著

老いれば病気もするし苦悩もする。老人性うつ病を克服した著者の壮絶な体験を告白。だが、身体が老いても病を経験しても心は老いてしまうわけでない。老いを恐れず残された日々を自然体でいること。良いことも悪いこともすべて過去の出来事として水に流す。老いの時間を「続編」や「エピローグ」のつもりでなく「新章」にすればいい。夢は広がり、いくつになっても新しいことが始められる。米寿を迎えた作家・森村誠一渾身の「老い論」の決定版。